KB157691

박 흡 문 학 전 집

박흡의 가족사진

박흡의 시 비「못」

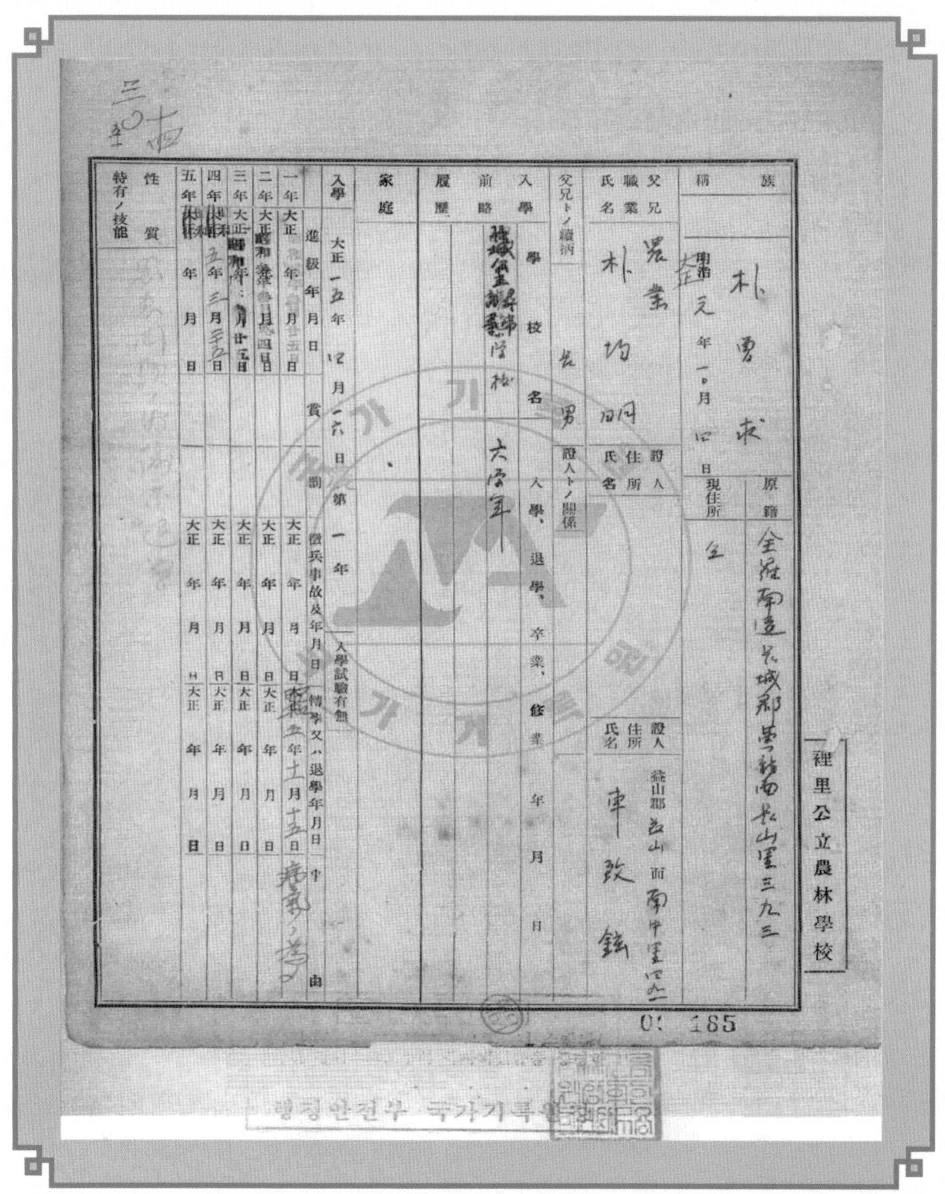

이리공립농림학교 학적부

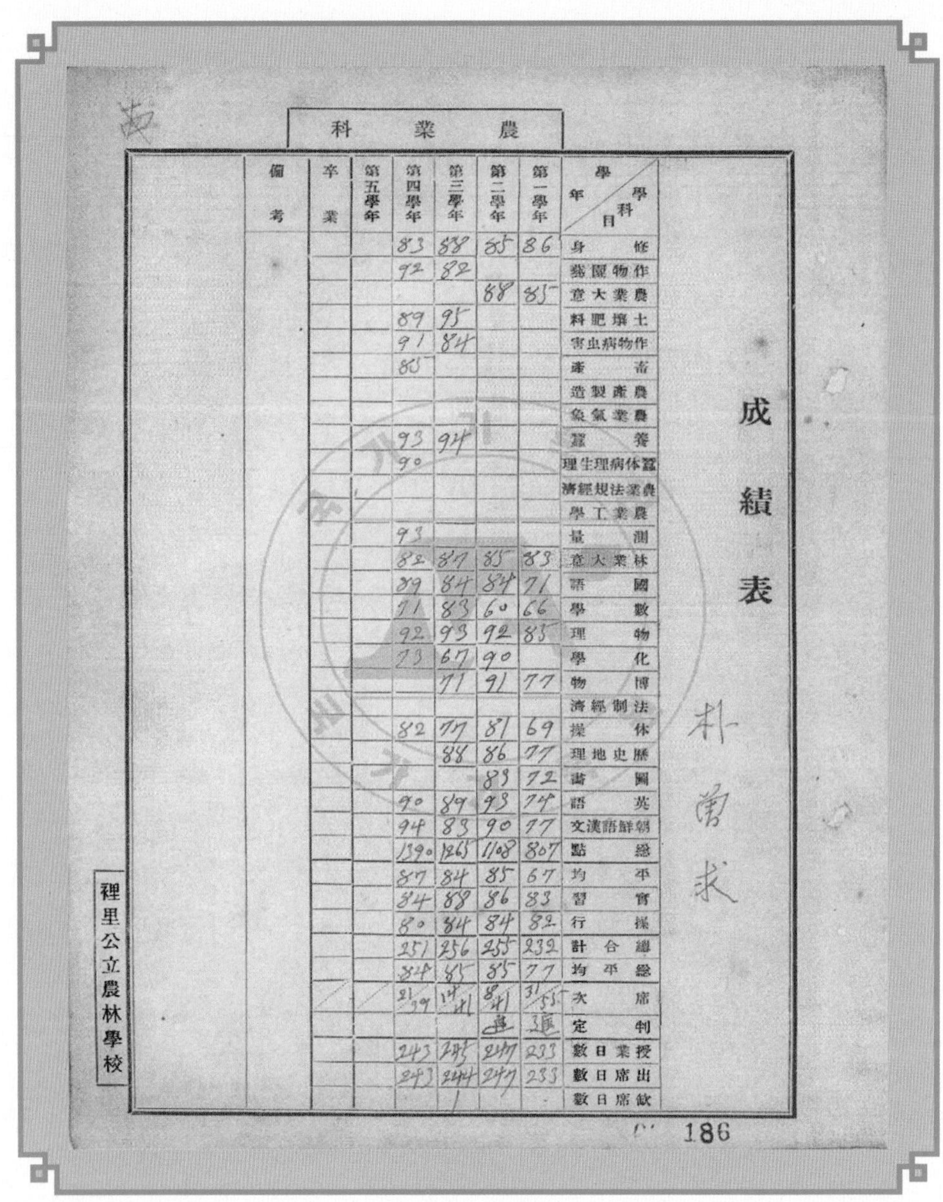

農業科

成績表

學科目 \ 學年	第一學年	第二學年	第三學年	第四學年	第五學年	卒業	備考
修身	86	85	88	83			
作物園藝			82	92			
農業大意	85	88					
土壤肥料			95	89			
作物病虫害			84	91			
畜產				85			
農產製造							
農業氣象							
養蠶			94	93			
蠶体病理生理				90			
農業法規經濟							
農業工學							
測量				93			
林業大意	83	85	87	82			
國語	71	84	84	89			
數學	66	60	83	71			
物理	83	92	93	92			
化學		90	67	73			
博物	77	91	71				
法制經濟							
体操	69	81	77	82			
歷史地理	77	86	88				
圖畫	72	83					
英語	74	93	89	90			
朝鮮語漢文	77	90	83	94			
總點	807	1108	1265	1390			
平均	67	85	84	87			
實習	83	86	88	84			
操行	82	84	84	80			
總合計	232	255	256	251			
總平均	77	85	85	84			
席次	31/55	8/41	14/41	21/39			
制定	進	[illegible]					
授業日數	233	247	245	243			
出席日數	233	247	244	243			
欠席日數			1				

朴曾求

裡里公立農林學校

186

이리공립농림학교 재학시 성적표

유일한 유품

유품 속의 작품 모음

박흡문학전집

이동순 엮음

국학자료원

『박흡문학전집』을 엮으면서

광주전남의 시문학사는 아직 먼지가 수북이 쌓인 채로 있다. 먼지 털어낼 날을 기다리고 있는 많은 시인들과 작품들이 먼지를 툭툭 털어내는 날 광주전남의 시문학사는 비로소 온전한 모습을 갖출 수 있을 것이다. 이 『박흡문학전집』은 그것을 위한 첫발걸음이다.

박흡朴洽, 1912~1962은 전남 장성 출신의 시인이자 항일 운동가이며 교육자였다. 본명은 박증구朴曾求이다. 그는 장성군 황룡면 태인 박씨 집안의 명문가에서 태어났다. 장성군 황룡면은 동학혁명 당시 치열한 격전을 벌였던 곳이기도 하다. 박흡의 부친 박균명은 장성농조 창립대회의 서기를 맡아 활동하기도 하였다. 미루어보면 일제치하에서 장성은 항일운동이 활발하게 전개된 곳이었고, 사회주의운동이 활발하게 전개된 곳이었다. 박흡도 그 안에 놓여있다.

박흡은 항일운동가였다. 이리농림학교 재학 중 독서회 회장으로 활동한 것이 빌미가 되어 퇴학을 당하였다. 당시 독서회는 학생들의 항일 비밀결사체였다. 퇴학 후 고향 장성에 돌아와서도 장성농조사건등과 관련하여 일경의 감시와 검속, 취조와 감금은 계속 되었다. 그의 항일운동에 대한 면밀한 연구도 진행되어야 한다.

박흡은 교육자였다. 숙명여전에서 강사생활을 시작하여 연희전문과 조선대에서도 강의를 하였다. 그리고 광주서중과 광주고등학교에 재직하면서 후학을 양성하였다. 그의 제자들로는 박봉우, 강태열, 윤삼하, 주명영, 박성룡 등이 있다. 박봉우가 문청시절의 그리운 은사님들로 거명하고 있는 사람 중의 박흡이 있다.

박흡은 숙명여전 강사시절에 경향신문에 「젊은 講師」를 발표하면서 등단하였다. 그는 시적 소재로 잘 채택하지 않는 소재를 대상으로 삼아 그만의 톡특한 시세계를 구축하고 있다. 거주지를 광주로 옮긴 이후에 본격적인 작품활동을 하였다. 당시 광주전남에는 많은 동인지와 문예지들이 창간되었는데 박흡은 활발한 활동으로 광주전남 지역문단 형성에 기여하였다. 광주광역시 홈페이지에는 김현승과 박흡이 '광주의 문학발전에 지대한 공헌'을 한 것으로 기록하고는 있지만 구체적으로 알려진 것은 없다. 그가 자살로 생을 마감한 탓이 크기도 하지만 중앙추수적인 연구를 해온 연구자들의 탓도 크다.

여기에 그의 문학작품을 수습하고 정리하여 세상에 내놓는다. 『갈매기』와 『전우』, 『젊은이』 등에 발표한 작품들은 그 자료의 부재로 인하여 수습하지 못하였다. 그럼에도 불구하고 이 전집을 엮는 것은 그의 문학적 성과를 집적함으로써 광주전남의 지역문학사가 복원되는데 일조하기를 바라는 마음과 그의 문학적 위치가 좀 더 분명해지기를 기대하는 탓이다.

이 책은 크게 3부로 나누어 구성하였다. 1부는 그가 발표한 시를, 2부는 평론과 산문으로 구성하였다. 그리고 3부는 부록으로 박흡과 인연을 맺고 있었던 이들이 쓴 글들을 모았다.

『박흡문학전집』을 엮는데 도움을 주신 분들께 고마움을 전한다. 유품을 건네주신 박흡 시인의 장남 박영 선생님, 변함없이 제자를 지켜봐 주신 김동근 선생님, 연구자의 모범을 보여주시면서 아낌없는 응원해 주시는 최명표 선생님께 특히 감사드린다. 그리고 출판시장의 어려움에도 불구하고 『박흡문학전집』을 흔쾌히 발간해 주신 국학자료원의 정찬용 원장님께도 감사드린다. 무엇보다도 엄마의 빈자리에 대해 불평불만 하지 않는 솔과 빛에게도 고맙다는 말을 전한다.

2013년 1월
무등산자락에서
이동순

목차

산문

부록

평전

연보

시

젊은 講師

그대 손길은 時間 마다의 化粧에 어질어지고
그대 허파에는 月蝕과같이 石灰巖이 돋아오르고
그대 聲帶는 象皮病은思索에 지친 그대 얼굴칠판 앞에 더蒼白하다
초라한 풍색
메마른 몰골
모두가 그대 호주머니의 象徵—
그러나 그대 머릿속의計算機는
數字 잊고 肥科學에 골몰하다
분필 가루 같이 지처 돌아가는 그대 집에
기다리는 건 항상 氷圈과같은 몸과 맘의 주림 뿐이다
知識의 장사치는 아니되리라고
아우성치는 장거리를 異國인 양말뚝같이 지나다

경향신문, 1947. 5. 18.

薔薇

내 가슴에 외로운 장미 피어 있네
그윽한 향기와 불타는 빛 가졌으나
아무도 그를 찾는 이 없네

내 가슴에 외로운 장미 피어 있네
오오랜 전부터 피어 있네
봄이 가고 여름이 가고
가을마저 다 가려하나
아무도 그를 찾아 주는 이 없네

내 가슴에 외로운 장미 피어 있네
이 누리 어느 구석에
어느때 그를 찾아 줄
단 한 사람의 발자취 소리에
오늘도 귀 기우리네

경향신문, 1948. 4. 25.

哀戀頌

그대 그리운 마음 내 홀로 안타까워
먼 하늘 바라보며 마음 둘 곳업세라

내 가슴에 타는 불꼿 九天이라도 태우련만
生나무인 양 더 타오를 줄 모르는 임의 마음

그대 잇음으로 이 世上 밝다하엿더니
그대 잇음으로 이 世上 한깃 괴로워

하루에도 몃번 보고 시픈 마음
풀 쫏는 사슴인 양 임은 항상 다라만나고
오롯한 圓光 속에 임은 항상 잇건만
쫏차도 쫏차도 멀어지는 太陽 눈부신 슬픈 太陽

목숨이라도 끈코 십게 애달픈 마음
가시밧에 딍구는 듯 아픈피만 흘러라
이 괴로움 떨치고자 눈감도 머리 흔드나
샘물인 양 임의 얼굴은 다시 솟아오르고

이즈려고 이즈려고 무척 모진 마음 지녀 보나
오히려 그리움은 가슴에 병이 되다
이 괴로움이어 차라리 그대 이 世上써나
그 무덤 아페 울고 울다 나 죽고십퍼

평화일보, 1948. 6. 2.

죽음頌

죽음은 나의 오직 나 하나의 財産
내게 아직도 죽음이 남아 잇는 恍惚함이어

봄날 가티 노지근한 絶望 속에
밋업는 奈落에 떨어지듯 외로울때

三冬 氷獄에 쓰러져
임의 이름 목매어 부를때

삶의 가시덤불에 피투성이되어 허덕일때
그리고 내 가슴의 森林에서 비둘기 때가 날아갈때

죽음은 화려한 新婦인양 나를 손짓하나네
언제고 마음 노코 그 품안에 별 떼들수 잇는 기쁨이어

—죽음은 사나운 짐승처럼
서럼조차 마구 먹어버린다—

이 지친 肉身이 갈 곳은 오직 한개 무덤 뿐
눈 감으면 聖地처럼 무리속에 떠오르나니

어둠속에 서늘한 榮光 화안히 빛나는 구슬처럼
죽음은 내 가슴에 보배로워라

모든 사람들 그를 실허하고 그를 미워하고
逃避니 卑怯이니 욕하더마마는

죽음은 나의 希望
무덤은 나의 宮殿

삼키기 아까운 果實처럼
내 아껴 죽음을 품다

평화일보, 1948. 7. 7.

돌 틈에 난풀

무슨 슬픈 運命이기에
돌담 틈에 풀이 낫다
어느 틈으로 뿌리 쌔터
너의 푸름과 노랑빗 가져 왔느냐
나태도 안나는 썩근 듯
드놉흔 石壁에
목마르며 헐덕이는 간신한 그림자
설령 百萬의 씨앗을 남긴 다기로
무슨 큰 뜻이 잇슬 이 업건만
내려쐬는 되악볏헤 서런줄도 모르고
바람 불면 그래도 선선히 흔들리고
모진 돌틈 피나게 더듬어
꼿치랑 열매랑 매저야 한다

무엇하러 사는지 알지 못하나
그래도 자꾸
살려고만 기쓰는
막을 수 업는 액색한 天性—
슬픈 人間의 運命을 나는 여기서도 본다

평화일보, 1948. 8. 11.

모래

모래는 오랜 歲月의 疲勞에 지쳐 가루되었다
모래 속에는 까마득한 太古가 깃들어 있다

그러나 다시금 地殼 속의 岩脈이 그립지 않다
산산이 부서져 오히려 純粹함이 辱되지 않는다

가늘한 바람에도 날리고 얇은 안개에도 젖을 줄 안다
쥐면 새고 밟으면 자국나 아무도 그와 싸울 수 없다

모든 束縛이 싫다
쌓면 문어지고 웅켜쥐면 흘러 버린다

아무리 짓밟아도 그 흰빛을 앗을 수 없다
太古적 噴火에도 未來의 凍結에도 怯내지 않는다

때로는 손수건만양 아가씨의 눈물도 받아 준다
失戀한 도련님의 말동무도 되어 준다

그러나 아무도
그 위에서 自殺하게는 마련 아니다

풀도 김승도 그 품안에서 살지는 못한다
삶의 슯음과 괴롬에는 아예 干涉하기조차 싫다

구름 개이면 金剛石 흉내를 내고
달 밝으면 푸른 星座도 흉내 내 본다

그리하여 飄逸한 가운데 스스로 즐겁다
가까운 終焉을 粉末속에 豫感하면 더욱 황홀하다

哲人 老子와 같이 오랜 歲月 속에
모래는 知慧와 더부러 하얗게 늙었다

서울신문, 1948. 9. 8.

種

限量 없는 소리가 뭉쳐서 되었기에
種은 유리와 같이 透明하고 무겁다

되풀이하고 되풀이하여 울리고 또 울려 남은
한 숨에는 다 토해 버리지 못할 깊은 데서
나오는 소리를 가졌으메다

육중한 몸집이나 거센바람만 스쳐도 잉잉거리고
落葉만 부디쳐도 소리 냄은
속에 넘쳐 흐르는 가득 참이 있기 때문이다

눈보라 비바람 모진서리에 파아란 綠青마저슬어
기울어진 鐘樓 속에 헐벗고 외로우나

소리는 항상 濁할 줄을 몰라
아침 안개 저녁 노을에 長江처럼 읊어

웨치지 아니하여도
스스로 먼 山과 골짜기를 살지게 하다

별 아래 졸고 바람결에 노래하여
冥想과 더부러 사나니
騷亂한 季節의 발자욱 소리에도
泰山 같이 서들지 않는다

목쉰 메가폰과 함부로 두들기는 생철통 소리가
그러기에 鍾은 第一 싫다

그런 것은 아예 詩도 詩人도 아니라고
항여나 같이 땅을디딜세 虛空에매달려 超然하다

잔망스런 公式的 雜音의 世界가 싫어
鐘은 山中에 홀로 永遠을 꿈꾸며 제 노래에산다

간사한 바람에도 다투어 나부끼며
스스로 英雄인 체 숫도리는
갈 잎이 눈에 거슬리는지라

鐘은 "언제든지 쳐 봐라 내 소리는 한결 같다"고
넌즛이 배꼽을 내밀고 섰다

서울신문, 1948. 12. 24.

落葉

긴 봄과 여름을 살대로 다 살았기에
落葉은 떨어지는 것이 서럽지 않다

가을 바람이 차고 벌레구멍이 쓰리어
이제 더 살고 싶은 마음도 지니지 않는다

봄바람에 졸릴 듯 황홀하던 시절도
소낙비에 씨근거리던 壯快한 기억도 이제는 까마득 하다

모진 바람에 찢기고 뙤약빛에 헐덕이며 지나온 過去
이제 다시 한번 되풀이 할 口味조차 갖지 못했다

그러나 먼 후ㅅ날 다시 피어날 새 싹들이
모진 눈보라와 독한 서리에서 견뎌날 때까지

발가니 辱됨을 참으며
날래 떨어지지 않는 어진 마음을 잃지 않았다

산들 바람에 나부껴 춤추고
꾀꼬리 와서 노래하던 榮光의 날도 있었다마는

모두가 물거품 같이 구름 조각 같이
이제 오히려 가늘한 거미줄에서조차 뛰지못하는 슬픔—

돌아올 해에도 새 싹은 茂盛하고
다시 한금 年輪은 불으리라

이리하여 몇 百年— 古木엔 동굴이 파이고
비 바람에 쓰러져 드듸니 하얗게 썩어질 외줄기 길

오오 지루한 倦怠 매울 수 없는 空虛
그래도 많은 씨앗을 맺고 주검 앞에 戰慄하지들 않는가

—常綠樹를 꿈꾸는 어린 希望을
落葉은 쓰게 웃으며 한길을 굴러 간다

—四二八一年 · 青坡洞에서—

우리문원, 1949. 11.

火葬場

오랜 歲月 거느렸던 생명의 마지막 날
運命들은 靈柩車를 타고
喪輿를 타고
屍體와 함께 그들의 마지막 儀式場으로 간다

그토록 모질던 그들의 營爲가
기껏 여기 이르는
한 낱 어설픈 過程이 었음에
幸福했던 運命
不幸했던 運命
다 같이 마조 보고 껄껄대고 웃는 곳

이제 한 줌 재 밖에
보채 일 아무것도 없으매
제 스스로도 무슨 뜻 있는지 모르는
싱거운 광대짓 다 마치고
煙氣처럼 運命들도 여기 싀어지다

우리문원, 1950. 2.

地下純金

混沌에서 天地를 肇判하던 날
千길 땅속에 神이 묻어둔 한덩이 純金이 있다
철벽 岩脈 속
바람도 물도
모든 騷亂도 미치지 못하는 곳에서
한번 볕뉘도 쬐인 적 없이
恒河沙보다 많은 歲月을
지금도 놓여진 그대로 놓여져 있다
人類가 絶滅하고
地球가 冷却하고
星辰이 빛을 잃고
太陽마저 식어질 때까지 이렇게 있을 수도 있다
설혹 光芒을 뿜어 볼 한번 機會를
영원히 갖지 못한다 할지라도
金은 역시 빛나는 것임에 틀림 없을지며
存在가 드러나지 아니하므로
一切 含識의 認識에 오르지 못할지라도
또 어지 그 存在에 털끝만한 금인들 가리야

英雄과 잘난사람들이 들석이는

季節風 휩쓰는 거리를
내 한 쪽 지친 休紙처럼 구닐며
地下 千尺의 純金을 思念하는 날이 있나

동광신문, 1950. 4. 4.

初夜賦

가장 恍惚할 華燭 밝힌 밤에도
내 삶의 슬픈 광대 되지 못하여
하염 없는 시름에 잠 못 이루나니
진 종일의 시달림에 지쳐
숨소리 고르게 혼곤히 잠든
아내 손 살푯이 쥐어 보나
아아 비바람에 바래진
하얀 白骨을 느끼는 슬픈 마음이어

모든 것이 흙으로 가려니
모든 아롱진 것이 속절 없이 가려니
괴로움 속에 雜草 같이 뜻없이 살다
한오리 구름처럼
총총이 사라질 삶의 공허함이어
내 이 밤에도 오히려
훈훈한 愛情보다 싸늘한 虛無
潮水처럼 가슴에 밀려 오나니
아내 옆에 저으기 외롭고 죄스런 마음이어

주간서울, 1950. 5. 15.

詩

때 없이 우줄거리며
四方에서 달려드는 妖艶한 것들
그러나 막상 붙잡으려 들면
장난구레기처럼 모두 흩어져 버리는것

卵巢속 깊은 데 조랑조랑 열린
익지 않은 노오란 포도알 같은 것
둥구렇게 커져서 껍질을 입고 나오기 전에
얼마나 많이 流産해 버리는가

아무도 돌아보지않는 열매이기에
오히려 熱情的인 視線을 던진다
嶮한 山길과 들판의 疲勞에서도
나는 바보처럼 너를 주워담는다

百年 後 누리의 어느구석에
나와같은 病든 者 있어
이한줌 씨앗에서 花園을 느낄지 모른다는
그러한 꿈 같은것은 아예 갖지도 않았다

먹지 못할 열매를 줍는 건
줍는 게 그저 즐거워 줍는 것이다.

하얀 종이 위에 하찮은
몇줄 발톱자욱을 뉘여 놓고
구름 같이 가련다
바람과 먼지에 흔적 없이 메워져 버려도 좋다

호남공론, 1950. 5.

못

물이 충충해서가 아니라 바닥이 안보이는 것은 너무 깊어서 입니다.

물결이 거츨어서가 아니라 푸른 하늘이 안보이는 것은 구름이 끼어서 입니다.

내가 사는 이 못이 비록 좁기는 하나
이끼 낀 돌틈마다 오랜 이야기를 지닌 늙은 고기들이 살고
三年 가뭄에도 오히려 마를 줄을 모르는
五千年 歲月을 거느린 묵은 못입니다
구름 걷히면 해와 달이 이안에 뜨고
바람 자면 숲과 山岳이 이안에 펼쳐질 것입니다.
먹 같은 어둠이 萬象을 삼키는 그믐 밤에도
보십시오, 못은 구슬 같이 화안이 빛나지 않습니까
季節 따라 철없는 候鳥들이 자주 자리를 더럽힐 지라도
당신과 나는
이 위에 아름다운 무늬 그리며 여기 삽시다

신천지, 1950. 6.

願

한 그루 愚直한 나무처럼
歲月에 뿌리 박고 하잔히 살다가
드디어 落葉처럼 목숨이 지는 날
내 앞엔 七色 황홀한 하늘의 門보다
九泉의 어둠 속
다시는 벗어나지 못할 슬픔의 城壁
地獄의 검은 門이 救濟처럼 열리어라

옳은 뜻 섬기다 드리어 다스리지 못한
肉身으로하여 멍들고 傷處난 외로운 넋이
天國의 孤獨과 無爲가 두렵고 또 空虛하여
여기 마지막 安息의 자리를 잡아
絶望과 슬픔과 恐怖 속에
歎息도 오히려 사치한 듯 兄弟를 찾아
서로 不幸에 의지하여 가난한 体溫을 나누며
마음의 眞實을 꽃피우려 하노니
나로하여 이 어둠의 王國에 살아
스스로의 慰安과 남은 뜻을 위하여
목마른 者에게 피의 한 방울까지 적시며

슬픔 있는 者에게 눈물로 그 가슴을 채우며
외로운 벗에게 낡은 깃발처럼 혀를 부리며
빛을 찾은 者에게 기름의 한 방울까지 밝히어
한 토막 익은 숯불처럼 悔恨없기 여기 사비게 하라

전우, 1951. 1.

二十聯隊歌

1
無等山精氣받은 湖南要지에
터를잡고자라난 護國의 精銳
猛虎獅子의 湖南健兒가
새歷史創造하는 二十聯대
2
겨레의방패로 뽑힌자랑을
빛나는武勳으로 세워온傳統
뛰누나끓는피가 正義의피가
花郎魂여기있다 二十연대
3
나라에바친목숨 물불있으랴
다섯물일곱바다 太극旗날려
치거라원수를 平和의적을
無적常勝의 二十연대

후렴
날려라 연대旗를 높이 날려라
千秋에 빛나는 勝利의깃발

전남일보, 1951. 2. 13.

말뚝의 노래

나는 한 개 말뚝이로다
일찍이 한 그루 솔로 태어나
높은 마루에 자리하여
각박한 黃土에 뿌리 박고
五六月 염천에 목매어 헐덕이며
모진 서리 눈보라 비바람 어질게 견뎌
사나운 季節 앞에 푸른 뜻 꺾기지 않고
고개는 들어 항상 푸른 하늘과 太陽을 우럴고
뿌리는 뻗어 千길 바위 틈 피나게 더듬어
진이란 올리고 年輪을 불려 온 것은
決코 決코 落落長松되어
棟梁材되려 함이 아니었노라

나의 念願은 오직 이름 없이 착하게 나의 몸을 바치려 함이었으니
오늘 내가 차지한 이 좁은 자리야 千年을 지켜야 할 나의 城터로다
습하고 어두운 땅속에 묻혀 雜草와 더불어 벗하여
사철 돌같은 沈黙을 지키는
못나고 어리석음이 나는 싫지 않노라
두루 三千里 넓은 늪의 물을 떠받고
발버티고 이 악물어 지키기에 입 벌일 겨를을 갖지 못하였노라
牛馬가 밟고

鳥雀이 쪼아도 농판처럼 한 마디 대꾸가 없고
堤防위 잘날 갈대들이 바람에 다투어
방천을 지키는者는 저의 무리라고 웨칠지라도
『오냐 그렇다 너의 덕분에 나는 산다』고 고개를 끄덕이노라
비바람 毒한 습기에 몸은 비록 썩을지라도
일찍이 푸르렀던 사모친 뜻은
새삼 마른 자리를 가리려 하지 않노라
개구리도 숨고 갈대도 이울어
萬象이 嚴冬에 屈하는 季節에도
나는 자리를 떠나 털옷을 탐할 줄 모르노라
良心의 종이 된 어리석은 者라고 남들이 비웃을 지라도
나 하나의 犧牲으로 남들이 幸福스럴 수 있다면 얼마든지 나를 부리겠노라

아아 사랑하는 나의 늪이여! 길이 福되어라
물은 가득차 사철 넘실거리고 끊임 없이 흘러
넓은 들과 목마른 마을을 구비 돌아
五穀을 豊登케 하며 많은 福을 베풀어라
그속에 사는 魚별은 다양하게 번식하여
물줄기 따라 다섯 뭍과 일곱바다에 충만하라
내 오랜 나의 歲月을 다 셈한 後

이 자리에 말없이 쓰러지는 날에는
아무도 몰래 네 城 아래 이름 없이 고요히 누우리라

갈매기 창간호, 1951. 2.

首都復活

붉은 허수아비와 오랑캐의더러운발톱아래
鼓動이 멎었던 首都서울이여
너는 드디어
겨레의 방패로 쏟은 많은 아름다운 피와
正義를사랑하는UN十字軍의더운피로말미암아
廢墟속에서 짓을치고 다시 살아났구나
아 우리의 不死鳥 祖國의 心臟이어
울려라 우렁찬 너의 鼓동을
三千里 房房 谷谷
마르고 시들은마을과 거리와 외로운섬에까지
勝利와平和의 줄기찬피를 울려보내라
헐벗고 굶주린 겨레에게
自由와 기쁨을 울려 보내라
불탄 집들이며
부풀어 터진 아스팔트며
무너진 橋양들—
너의 얼굴에 찍힌 흉한 상처는
우리의 염통에 사겨
원수에 대한 분노의 표적이러니
아 오늘 凱旋의 기쁨을 흔들리는
수많 太極旗 UN旗의 波濤속에서

海王星에 들리도록일어나는 이 歡呼聲을
이제 우리는
진정 원수 붉은 이리떼를
그들의 祖國이며 무덤터인
시베리아 凍原으로 깡그리 모라낼
마지막決戰으로 바궈야겠다
머지 않아 祖國은 統一 되리니
서울아
다시는 네안에 祖國을 좀먹는 灰色分子와
謀利배와 貪官汚吏와
철없는 마카오旗들이 발들이 지못하게하여
진정 나라와겨레를 사랑하는 어진사람만이
여기 모여
착하게다스리고 슬기롭게배우고 근간히일하여
半萬年 오붓한 東方의 聖地에
다시는 시들지않는 크낙한 꽃으로 너는 기리피어라

전남일보, 1951. 3. 18.

주름살

주름살은
歲月이 흘러가는 시내
生活이 수놓은 무늬
가끔 砂金처럼 叡知가 그 속에 빛나고
諦念의 禮服에는 알맞은 비단감

주름살은
追憶을 내다보는 紗幕
주검을 가리우는 布帳
지난 날이 아아리이 이 밖에 흐리고
멀던 발소리 窓 밖에 가깝다

주름살은
괴로움이 보채는 비단감
時間이 竣功할 주검의 城壁
이 衣裳 두르고 盛裝한 公主는
終焉의 날 꽃상여로 城主를 맞으리

주름살은
虛無를 감추는 보재기
蛆虫에게 바치는 饗宴台

사람들은 이 속에서 自조하고
장차할 蛆虫들의 莊嚴한 式典

주름살은
열매 없는 농사터
노래 없는 樂보
곰팡처럼 이랑마다 老班만 일고
일찍이 황홀타는 아무도 없더라

상록, 1951. 4.

蚯蚓傳

빛 없는 누리에만 살아야 하기
눈일랑 스스로 뽑아 버렸다

언제라 한 번인들
소리쳤으랴

목청은 애둘 애둘
탄식하는 것

살을 찢는 뼬랑은
지녀 또 무얼 해

토막난 몸뚱아리 뒤틀어 가며
그래도 목숨이라 살아 있노라

교육신문, 1951. 5. 7.

참새의 노래

하고 많은 날짐승 중에 지지리도 못나고 흔해빠진
한 마리 참새로 태어난 것이 슬프지도 않소

초라하고 궁상맞은 진흙빛 치장은
우리 속의 孔雀의 悲哀를 면해 주었소

殺戮을 싫어하는 핏줄인지라
독수리의 부리와 발톱이 부럽지 않소

내 고장을 사랑하오
제비의 죽지와 疲勞는 오히려 부질없소

꾀꼬리의 아양을 닮지 않아서
籠 속에 치이는 屈辱을 모르오

어디서나 지천으로 볼 수 있는 목숨이기에
아무도 博物室의 標本을 삼으려 하지 않소

사치스런 식성을 갖지 못 해서
떨어진 낟알과 풀열매로 주림을 모르오

재주 없고 혼해 빠진 못난인지라
마음 놓고 人家에 둥지를 치고

우리는 우리끼리의 즐거움이 있어
아침 저녁 모여서 한 바탕 진탕을 치고

많은 총중에 이름 없이 섞이어
아들 딸 낳고 그저 그저 못난 양 즐겁게 사오

갈매기, 1951. 5.

독수리

일찍이 아무 것에도 屈해 보지 못한 사나움이기
卑屈이라도 그립도록 외로워지는 때가 있다.

높은 마루 바위 벼랑 같은 데 앉아
標木처럼 思念에 잠기는 날이 많다

제 스스로도 어쩌지 못 하는
매운 부리와 날카로운 발톱이

염통이라도 찢고 싶도록
저주 되는 날이 있다.

四面을 둘러 봐야 山과 구름 외로움 뿐이다
말동무라곤 뱁새 한 마리도 아쉬워진다

목말라 人情을 나누려 하면
모두 바람처럼 다라나 버린다

때때로 人煙이 오르는 산 기슭
참새 떼 우짖고 노랑내 풍기는 世界가 그립다

허나 산비둘기나 까마귀처럼
조잔히 흙을 쫓고 탁한 소리로 울어 볼 수도 없다

누가 바랏기에 피를 마시며
孤獨 속에서만 살아야 하느냐

쓴 입맛을 다시면
부리는 부리대로 외로운 소리를 낸다

무슨 볼일이나 있듯이
또 어디론지 날아 가 볼 수 밖에 없다

新文學 창간호, 1951. 5.

砂漠

파란 달밤이라도
이슬 한 방울 맺나 보아라

百年을 지낸들 후즐건히 젖을
비 한 번을 부르나 보아라

不毛는 나의 倫理
모든 有機質을 싫어한다

납도 녹아 스밀 灼熱한 白日
그런 날만 千年이 계속되어라

오아시스는
나의 考古學館

나는 가끔
달에게 戀書를 보낸다

그리고 氷河를 부르기를
무던한 놈이라 한다

마음 내키면 또 바람을 불러
地下 千尺에 어느 都市를 삼키리라

新文學 창간호, 1951. 5.

토끼

겁 많은 조상의 피를 이어서
귀는 이렇게 커진 게란다

숨어야 부지하는 목숨이기에
귀찮은 고리는 잘라 버렸다

놀램에 항상 가슴은 뛰고

오직 하나 다라나는 재주

약한 게 무슨 죄야 되리야
하얀 빛갈로 슬픔을 싸고

숨어서 오목 오목 칡손 씹으면
그래도 사는 게 대견해져서

두 귀 너울 너울
달밤이면 춤도 춘단다

해바라기, 1951. 6.

우렁

내가 부끄러워 깊은 껍질 속에
뚜껑을 덮고 숨어 사오

자지라지고도 싶습니다만
타고난 목숨이야 어이합니까

눈보라 치는 삼동에는
땅속 깊이 흙을 무릅쓰고

세상이 없는 듯
숨도 제대로 못 쉬오마는

그래도 아스라이 노고지리 들리면
마음이 들석여 꼬올 꼬올 울어 보고도싶어집니다

못나고 어리석은 주제인지라
조심스레 흐리밭만 핥습니다만

따사한 햇살이 쪼이는 날엔 그래도 즐거워
내 세상인 양 온통 혀를 빼물다가는

올창이 한 마리 꼬리치는 바람에도
선뜻 설레는 가슴입니다

어느 부리에 석어질 내일일지라도
아름다울 이 없는 무거운 껍질 이끌고

눈먼 두 손 저으며
조심스레 살 밖에요

함성, 1951. 6.

八 · 一五에 부치는 詩

발바닥에 묻어오르는 八月 아스팔트 위에서
꽃보다 난만하게 태극기 흔들며
거리가 기우뚱거리도록 만세 부르던
아아 이날 自由의 새紀元 八月十五日

아는이 모르는이 서로 목을 껴안고
형제여 부르며 이슬 맺힌 눈으로
좋은나라 세우자 맹세하던 날
나라 위해 몸 바치자 다짐하던 날
온 겨레가 돌아온 祖國 앞에
어린이처럼 숫되고 화덕같이 닳던 날
아아 우리들의 八 · 一五를 다시 생각하자

하 그리 목마르고 부시던 희망이
하늘이 너무 넓어 갈곳을 모르듯
서로 부딪히고 피 흘리던 어지러운지난날
이제 또다시 祖國은 짓밟혀
붉은 侵略者 강토를 토막내어
수없는 생명과 재산을 삼키고
다시는 물러가지 않을듯 姿勢한 오늘
그대여! 당신은 뉘 아들이고 딸이기에

그다지도 분함을 모르고 원통함이 없느냐
이런꾀 저런꾀로 兵役을 빠지고
私利 사욕에 눈멀은 色眼鏡
港口로 釜山으로 튜럭만 몰고
마카오 양복에 끔만 씹느냐
우리 위에 모두 불이 붙었다
아아 오늘 다시 맞이하는 八·一五!
그 어질고 숫되던 八·一五 조國愛로 다시돌아가
오직 조國의 榮光 위해 砲彈이되자

전남일보, 1951. 8. 15.

피를 뿌리라

으스름 별빛 하나라도
빛이라면 목마르던
서른 여섯 해 긴 긴 日蝕에
정녕 이대로 어둠 속에 죽나보다 하였더니
아아 八 · 一五
太陽의 復位 自由의 개벽!
달밤도 흐린날도 아닌
八月의 부신 대낮!
創世記에 핀 해바라기처럼
희망의 黃金 나룻 하늘 높이 살래며
겨레 앞에 종 되기 맹세하던
아아 이날 八 · 一五!

오늘 歷史는 다시 病들어
어지러운 터전 닦기도 전에
푸른 강토 반나마 불에 싸이어
짙은 연기 太陽을 삼키고
사나운불꽃 온 나라에 날름거리나니
아아 어찌 또다시
어둠과 쇠사슬의 종이 될 것인가
處女처럼 간직한 八 · 一五의 心臟 터뜨려

소낙비처럼 우리의 더운 피
사나운 불꽃 위에
뿌리자!
뿌리자!

교육신문, 1951. 8. 20.

茶房

부러 마려한 어스름 속에
사뭇 밝음이 그리운 양 姿勢한다

걸상마다 備品처럼 도사리고
주체스런 時間을 태운다

꽁초보다 길어진 재가
제 무게에 꺾겨진다

숟깔 끝에 저어지는 밤빛 液体에
바시시 살아나는 꾸겨진 肉体

꿈과 絶望과 또 戀愛들이
여기 떨기 이루는 오붓한 秘苑

숨어야 할 구멍처럼
都市의 호젓한 구석에

우묵하게 자리한
나의 巢窟이여

바닥은 콩크리－트로 마련하렴
비인 컾마자 깨뜨려야 마음좀 풀리겠다

젊은이, 1951. 8.

門

門은 까다로운 規律처럼 버티고 섰다
네모진 얼굴이 사뭇 까시랍다

사람들은 禮服처럼 오만한 이 살 아래로
저를 좁히며 드나든다

하 넓은 世界를 감당치 못할 것 같아
날개와 지느러미를 여기 가두어 둔 祖上의 遺物

사람들은 가쁜 숨으로 門에 와 부디쳐
꽃처럼 쓰러지기도 한다

가두어 둔 生活이 소꾸치면
담을 넘어 스스로 새어 나가고

묵은 것이 흐르지 못한 채
항시 볕을 보지 못한 냄새를 풍긴다

꿈을 안은 少女들은
가슴마다 暴風만 기다리지만

문은 金庫처럼 완고하여
약간의 歲月로선 기동뿌리가 삭지 않는다

학생문예, 1951. 9.

고래

오불 조불 접힌 山脈과
좁은 골짜기 조잔히 뒤지며

나무 뿌리 파고
굴 속에 자는 잔망이 싫어

까마득한 옛날
호탕한 바다로 뛰어든 짐승

산처럼 부서지는 파도를 헤치고
王者인양 유유히 헤어

어제 寒流를 따라
오로라 뜬 北極에 氷山을 잔치하면

오늘은 물도 끓는 赤道 위
바나나 향기 그윽한 섬 그늘에 쉰다

구지레한 갯가 탁한 물 위에
부시럼처럼 돋아 나

깃발 같은 것 날리고 썩은 내 풍기며
까마귀처럼 지저귀는 港口가 싫다

하늘과 바다가 맞닿는 곳에서
地球가 왼통 제 것인 양

호기로이 潮水를 뿜어
무지개 서린 冠을 쓰나니

차라리 피로 바다를 물들일지언정
어찌 쇠우리 속에서 죽은 고기로야 살겠는가

戰友, 1951. 9.

冠

原罪 때에도 마련하지 못한 것을
언제부터 쓰게 되었다

이 속에서 사람들은 다만 動物보다 複雜해진다
그리고 冠을 쓴 원숭이보다 우수워진다

스스로 지은 自僞의 그릇 앞에
祭司長처럼 은근하다

年齡이란 冠을 섬기기 위하여
소중한 것 같다

하느님은 이것때문에 확실히
人間을 덜 사랑하시는지도 모른다

아무도 없는 자리에선 허물처럼 冠을 벗고
사람들은 저로 돌아간다

新文學 2, 1951. 12.

氷河

歲月이 結晶된 透明한 鑛脈
太陽도 탄식하는 오만한 골짜기

찰쑤록 좋은 体溫으로
拒否의 思念을 武裝한다

歷史는 이 속에 窒息하고
모든 速度는 이 앞에 發狂한다

꽃 한 떨기 나비 한 마리
깃들지 못 하는 매서운 도사림

바다의 輕妄이 부지러워
어머니마냥 안타까움 누르고

어느 때 이 凜冽한 白衣로
썩지 않게 온 地球를 貯藏할

그런 뜻 아래
十萬年 참음이 지루하지 않는

防腐劑처럼
하얀 氷河

新文學 2, 1951. 12.

피의 記念日에

언제 겨뤄 볼 탐탁한 武器가 있어
抗爭의 홰ㅅ불을 높이 든 당신들이 시었습니까
오직 진정으로 나라를 사랑하는 불타는 마음에
鳥銃 한 자루 없는 빈 주먹으로
日帝의 사나운 銃칼과 말발굽 아래
주검으로 祖國의 自由를 찾으시던 당신들이시었습니다

언제 횡패한 黨派로 겨레를 수놓아
勢力을 탐하여 祖國에 등한하던 당신들이시었습니까
오직 겨레의 受難 앞에 틈없는 하나로 뭉쳐
階級과 宗派를 넘어
사나운 侵略者와 싸우신 당신들이시었습니다

언제 愛國心을 팔아
이름과 재물에 살지려는 당신들이시었습니까
오직 불타는 殉國의 더운 마음에
이름 없이 목숨을 바쳐
한갓 祖國의 말뚝이 되려는 당신들이시었습니다

아아 겨레의 불기둥 三.一先烈들이시어
님들을 追慕하는 이 거룩한 피의 記念日 오늘로하여
不肖한 後裔들이
진정 太陽처럼 빛나는 당신들의 精神을 받들어
참된 懺悔의 祭壇 앞에 서는 날이 되게 하며
항상 우리의 自由를 짓밟는 미운 원수들과
해가 다시는 안뜨는 그날까지 싸우고 싸와
당신들이 끼치신 불타는 뜻을 이루고 지키는
불꽃보다 사나운 다짐의 새마당이 되게 하소서

三 · 一節에 바친 詩

전우, 1951.

나무

좁은 담안인데도
百年을 여기 살아야 할 슬기에

언제 길들은 양
선선히 서 자리를 메워 주고

간신한 그늘을 던져
벌써 家族인 양 어울러진다

뿌리는 뻗어 항시 地心을 더듬고
가지는 자라 항시 太陽을 우럴어

忍耐는 오히려
放縱처럼 즐거워

철따라 꽃이어 잎이어
진한 그늘이어

제 모습 제 뜻을 헐지 않고
强한 者에겐 屈할 줄을 몰라

겨울이면 부러 빨강 벗고
바람 속에 짐승처럼 吃哮하나니

아아 주름진 歷史를 두르고
千 年 歲月에 지칠 줄 모르는자여!

상록, 1952. 3.

第四眠

아내도
만 두 살 사개월 짜리 어린놈도 모두 버리고
조각배로 한 나흘 가야 하는
어느 먼 섬 외로운 파도 속에 살아
집 서 너 가우 있는
고기잡이 하는 사람들 사이에서
누구도 사랑하지 않고
누구의 사랑도 피하여

정성스런 종처럼 착한 마음으로
나의 가는 몸 알뜰히 부리어
호젓한 방종마냥 잊은 듯 거기 살다
몇 편 서툴은 시를 표주박에 담아 어디로 띄워 보내고
고둥 껍질 딩구는 모래 위에
아무 흔적 없이 사라지고저

이런 부질없는 소망이 죄 되면
천 길 지옥 아래

슬픈 사람들과 벗하여 뉘우침 없이 살고
어쩌다 신의 뜻에 맞는 일이면
천 길 하늘 위에 내 또한 고독으로 유산하리라

新文學 3, 1952. 7.

旗에서

너를 괴롭히는 기류 속에서
너는 오히려 생기로워
꾸겨졌다 펴졌나 꾸겨졌다 펴졌다
스스로 하나의 리듬을 가져
고기처럼 한가롭구나

안일 속에선
곧잘 걸레처럼 자살하는 너
아예 액 속에 가치어
먼지 끼는 높은 자리엘랑 앉지 마라

너는 진한 네 얼굴을 가져라
바람과 다투어 파닥이며
거센 풍속風速속에 너를 찢고 격렬하나니
드디어 부러진 목이 땅에 굴을지라도
높은 하늘 사나운 기류 속에
오만히 늙음이 좋다

퇴색한 얼굴을 하고
바람과 자는 어느 산골을 그리다가는
당환 구름 속의 너의 분노를 본다

아아
육신을 찢고 저를 나타낼
그런 거센 것이 너처럼 그립구나.

詩精神 창간호, 1952. 9.

罪

저를 속이고 남을 속이고
겨우 팽이처럼 서 있는 죄인이 올시다
실바림만 만나도
휘우뚱 비척거립니다

금 하나
돌 하나에
겁으로만 살고 있는 죄인이 올시다

두터워진 징그러운 껍질 속
드디어는 살이 못될 죄의 껍질 속
불안으로 어두워진 세월을 먹고
스스로의 그림자에 놀라 삽니다.

우러러 원망할 하늘도 없고
굽어 손을 칠 땅도 없고

죄로만 살아야 할
자갈밭 길에
차라리 불꽃같은 미움이 그립습니다

詩精神 창간호, 1952. 9.

老鷄

억누를 수 없는 넋두리처럼
새벽을 부르면
바릭에 걸린 듯 태양은 취해서 올라오고
덜크렁 지축은 한 바퀴 도는 것이다

깃을 치는 목소리는

찟는 듯 피라도 토할 것 같건만

자락처럼 드리운 턱벼슬로 땅바닥 쓸며
뿌려 주는 모이알 조잔히 쪼는 것이다

긴 꼬리 살처럼 펴고
큰 소리 쩡 쩡 구천을 날던
신화의 날들이
아물거리다가는 이내 사라져 버린다

칼 찬 장군마냥 위풍을 떨치고
발 익은 울타리 길로 양지를 찾아
오손 도손 흙 파 헤치며
땅벌레 하나 얻으면

가장인 듯 호들갑 암것을 부르고
시기로 시퍼렇게 심지 켜지면
갈기털 송두리 치세우고
석류 속 같이 피투성이도 되는 것이다

이제는 귀양살이에 익은 벼슬아치처럼
육중한 관이 무겁다 한다

해가 설풋하면
높은 가지를 찾는게 아니요
혼솔을 거느리고 다수굿 장에 오른다

다도해, 1952. 10.

燐

달도 별도 없는
어두운 밤만이 좋다

축축한 무덤 가
부서진 해골 쪽 같은 데 엉기어

어둠을 기둘러
궂은 비 내리는 밤이면

손가락에 묻는
타지 않는 파르소름한 빛

어찌 어찌 꼬리를 달고
서룰게 모처럼 하늘을 날면

사람들은 불칙한 망령인 양
고개를 돌린다

전우, 1952.

象

獅子 표범의 갈빗대
우지끈 북질고

여우 늑대의 무리
납작 바위에 팽겨치며

비위 틀리면
사탕수수 밭 직산 밟고

아이스크림 껍대기처럼
人家를 파삭 짓밟아

密林 속에
王者처럼 살아야 할 너

오늘 黑人의 가늘한 회초리에
꼬박 순종하여

두 귀 너울 너울
콩알만한 눈 쑴벅이며

무거운 木材 나르고
무릎 꿇고 꽃다발 받는 재롱

던져주는 고구마 지푸래기 달게 씹고
너는 어찌 그리 마음이 좋으냐

아아 오직 하나 남은 巨獸記의 後裔
슬픈 짐승이어

너 차라리 가거라
철 길 凍原 밑 맘모스처럼

그러면 내 너를 위하여
목놓아 슬픈 吊歌를 읊으마

갈매기, 1952.

釜山에 큰 불바다 일다

나라에 궂은 일 접종하여
앞서 창경호 이백 여 생령을 수중에 장사하매
갯가에 때아닌 곡성이 천지를 진동 하더니
이어 군산 앞 바다에 다시 배 뒤집혀
백여 생명이 어육이 된지 얼마아니
이제 또다시 부산도 은성가
사고 파는 소리 해지는 줄 모르는 국제시장에
큰 불바다 일어
하루 밤 사이 천여 가옥과 수천억 재산이 잿더미 되어
집 잃은 무리 거리에 물 밀 듯 하나니
아 이는 뜻 없이 일어난 재앙이 아니라
진실로 의로운 하느님의 노함이 나타남이로다
소돔과 고모라보다 더 사악 하던 거리
음란과 탐욕과 기만과 간휼과 도적의 소굴
나라와 겨레의 행복보다 제 이골을 앞세워
눈먼 이리 처럼 떼지어 으릉대며
잇발과 발톱을 갈던 악의 저자
가난한이 땅의 피를 빨아
값진 외국의 사치품을 밀수하여
팔고 사고 드르고 속이고
부릍은 종처처럼 악취와 오예와 독을 흘려

겨레의 피를 검붉에 썩히던 불의와 타락의 발끝에
뉘우침 없는 이 겨레 위에
드디어 하늘은 참음과 기다림을 버리고
불로 이를 열어 멸망의 채찍을 내리심이어
아 벌인저 벌인저!
이 죄의 값을 뼈 아프게 깨달아
물과 불로 씻기운 깨끗한 마음으로 돌아가
잿더미 위에 참다운 눈물과 뉘우침 꽃피어라

-2月 4日-

호남신문, 1953. 2. 11.

說話

거북이에게 이기는 게
조금도 자랑 될 이 없었다

戲畵 속의 英雄보다
차라리 망신하리라 하였다

진실처럼 지기란
진실로 이기기보다 어렵다

두 귀 등에 닥 붙이고
쏜살 같이 달렸다

만화처럼 뒷발로
흙먼지 튀기며 –

까마득한 뒤에서 허위적거리며
나무접시처럼 따라오는 거북이를 보고

토끼는 마른 풀 위에 누워
감쪽 같이 코를 곯았다

우리 같은 갈채 속에
거북이가 이겼을 때

토기는 진정 면목 없는 자처럼
고개를 빠뜨리고 자리를 물러갔다

아무도 제 뜻을 모르는 게
더욱 좋았다

지금도 거북이는
제가 이긴 줄 안다.

전남일보, 1953. 2. 24.

休息시간에

네 시간 수업이 年齡처럼 피롭다
분필 가루 묻은 손 씻지 않고
내 던지 듯 잔디 위에 눕는다
푸른 하늘은 거짓말 같이 푸르다
눈 감고 가을 햇살을 즐긴다
解凍期처럼 몸이 부풀고
体溫이 녹아 내려 땅 속에 스민다

—사람을 가르치는 게 자꾸 두려워 진다
—이렇게 살고 있는게 부끄럽기만 하다

붙잡을 곳 없는 공허한 심정이다
쭉정이처럼 살아 온 내 육신을
날려 버릴 듯 가을 바람이 분다
그렇다 毛冠 있는 씨앗처럼
어디론지 날아 가 버리고 싶다

항상 뇌이는 말
—꾀만은 가르치지 말자 고, 자탄 처럼 되뇌이며
五分의 시간을 아껴 즐긴다

光高 2, 1953. 3. 25.

運河

아무도 믿어지지 않고
아무 것도 믿을 것이 없다

三國志에 나오는 영웅들처럼
몇 겹으로 진실을 擬裝했는지
鱗莖을 벗기다가 지쳐 버렸다

누구도 찾지 않고
누구 하나 찾아 오지도 않는
마른 담쟁이 바람에 설렝이는 굴 속에서
석 달 넉 달
거미처럼 거리에 나가지 않아도
그리움 사람이 없다

不信의 終点, 이 荒蕪地에서
아무 하고도 벗을 삼지 않고
아무 것도 아까울 것 없는 자세로 단속하여
參差한 숲과 산과 바위돌 무너 뚫고
거칠은 어둠 속에 나의 水路를 찾나니
이 하늘로 트이는
滿潮한 나의 運河 聖孤獨이어

진실한 것
영원한 것
그리고 마지막 부딪치는 神이
星座처럼 스물대는 이 位置에서
다시는 어느 邊涯 風磨한 孤島일지라도
나는 외롭지 못하리라

新文學 4, 1953. 5.

微笑拒否

모든인연을 저즈는게 무섭다
외롭게 외롭게만 단속하고산다

아무하고도 알고 지내고 싶지않다
구름처럼 낯선고을로만 떠돌고싶다

그많은얼굴속에 아는 이 하나없어
군중이란 차라리 사막처럼 외로워좋다

그러기 비좁은 장거리
구지레한 뒷골목 같은데ㄹ

영처럼 허댄다
활개젓기에 좁지않다

행여 정붙을 얼굴이 생길까봐
항시 무기질처럼 미소를 거부한다

전남일보, 1953. 7. 24.

過程에서

느른히 처진 몸둥아리 깔고
때가 매질하고 지나가기를 기다린다

백지장 같이 얇아진 가슴으로
눈 지긋 감고 토막처럼 견디자

내가 나를 못 믿고 우리끼리 우리를 못 믿으니
오직 세월만이 믿어워 지는구나

이 좁은 골짜기 질척한 땅 위에서
돋아 나는 움과 이파리 간곡히 뜯어

견딜성으로 미이라처럼 체중을 잃을지라도
차라리 발톱까지 발달한 부끄러움으로 살아

한 가락 대롱처럼 신과 마주서
오직 마지막 날만 내게 눠우치 없어라

一八五・八・二一

전남교육, 1953. 8.

'學生의날'에 부치는 노래

일찍이 日本 제국주의의 무도한 총칼아래
祖國과 피를 부인하고
원수의 方言으로 天皇 만세를 부르며
그들의 偶像을 방안에 모시고
원수의 앞잡이되어 형제끼리 잡고 가두고 하던
서른 여섯 해 욕된 日蝕의 어두움 속에서

불길 처럼 타오르는 젊은 격분은
차라리 한 개 총칼보다 목숨이 가벼울 수 있어
祖國의 자유와 독립을 위하여
겨레를 노예의 사슬에서 풀기 위하여
오직 빈 주먹으로
포악한 日帝에 항거의 횃불을 들던
아 11月 3日 이 날은 광주 학생운동의 피의 紀念日!

모진 서리 祖國의 등걸을 고목 처럼 썩히고
말과 글과 생각과 이름까지 깡그리 앗아 갔어도
움 트는 새싹은 놈들의 악착으로도 말리지 못하였으니
조국과 자유 앞에 바치는 보람으로
一身의 영달은 한 쪽 휴지처럼 값 없고
靑春은 오히려 監獄과 刑罰로 바꾸어 榮光 되었으니

이날 충천하던 항거의 絶叫는 원수들의 가슴을 서늘케 하였고
우뢰 처럼 온 세계를 진동하여 弱小民族의 잠을 깨웠으며
자유와 인권을 존중하는 모든 민주국가를 눈뜨게 하였으니
아 「學生의날」!
오늘은 진정 겨레의 기쁜 새 명절이어라

그러나 우리의 새벽은 아직도 멀다
조국 통일의 아침은 안개 속에 아득히 흐리고
물러간 왜적들은 아직도 침략의 迷夢을 깨지 못하여
우리 땅 노리고 입가를 핥으며 毒牙를 간다
可憎한 지고 「久保田發言!」 可笑로운지고 「征韓論!」
버젓한 獨島의 標式을 뽑고
제 땅이라 패악하는 백주의 강도들!
우리는 忍耐하기 위해서만 살고 있지 않아
어리석게 짓밟히던 祖上들의 時代는 이미 지냈나
모든 不義와 침략을 서리처럼 용서치 않으리니
저 玄海灘을 壬亂때처럼 또다시 맨드래미로 물들이고
富士山 더미보다 더 많은 시체를 쌓아 주리라
그러나 네놈들처럼 「東京」에 총독부를 두기위해서는 아니다
오직 自主를 위하여 싸우고 또 싸울 뿐!

學生은 조국의 知慧 겨레의 선봉!
조국은 그들의 어깨 위에 튼튼하리니
아 學生의날!
이날은 진실로 長白豹狼의 씩씩한 直系들이
暴風 속에 갈기를 떨고 일어서는 우리의 생명일이요
원수들에게는 戰標를 이받이하는 恐포의 紀念日이다

호남신문, 1953. 11. 3.

風說

손톱 있는 유령
아무도 그의 출생지를 모른다

아메바—처럼 번식한다
음속보다 빠르다

은밀한 가운데 혀끝을 활주하면
재빠르게 귓속마다 알을 싣고 다니는
쉬파리

금에서 돌을 만드는 연금사
운명의 부장

역사의 반쪽은
이놈이 만들었다

부드러운 몸둥아리로 뒤틀어 감고
상채기를 내어 핥아 버린다

저렇게 많이 시체와 불구자가
보이지 않는가

이는 또한 뗄 수없는
인류의 독한 기호품

남들이 이액체 속에 저를 집어 넣어
마시는 줄을
사람들은 까맣게 모르고 폐물처럼
배설된다

地誌

妄腸처럼 돋아났다
머리에 고인 물을 엎지를까봐 조심만 하는 것 같다
北風이 사모하는 終点
東風이 上陸하는 첫 陰謀地

피에 지닌 早老때문 땅은 이미 地熱을 잃고
山脈들은 고시란히 憤怒를 잊었다
系譜의 春柱는 카리에스에 굽고
텐르겐像처럼 骨格만 드러나는 山川

몰려 드는 상어 떼의 이빨에 깨물려
흉하게 자욱 난 이즈러진 海岸線
죽을 힘 原土에 매달려
몸부림에 부서진 조각 난 섬들

寒流와 暖流가 항시 구비쳐 언저리를 스치나
貝塚처럼 쌓인 배는 쉽사리 皮膚을 보이지 않는다
그렇게 많이 動物質과 灰分을 삼켰으나
아직도 찰질 줄을 모르는 土質이기

종시 봉폐 않을 듯 쩍쩍 벌어진 龜裂 위에서
어디를 디뎌야 할 줄을 모르는 住民들은

盜汗에 젖은 희고 긴 옷자락 비틀거리며
風信旗처럼 순종의 자세를 마련하나니
아아 갈쑤록 고달픈 나의 地域이여
언제 아스파라가스처럼 탐두어 볼 住所가 되려느냐

호남신문, 1953.

卒業式에

–朗讀을 위한 詩

쭉지빠진 늙은 암탉처럼
나는 나의 쇠잔한 体溫으로
그대들을 3年동안 품에 안아 왔다
그대들은 가끔 나의 날개를 벗어나
부드러운 솜털을 비 바람에 적시고
혹은 흙탕물에 빠져서 왔다
그럴때마다 나는 나의 가난한 体溫으로
그대들을 따시고 말려 왔다
아아 오늘 그대들을 젊은 쭉지를 펴고
나의 품안에서 영원히 날아가 버리는구나
잘들 가거라
부디 멀리 높이 날아 가거라
툭 트인 그대들의 하늘로
포근한 그대들의 땅위로……
그러나 항시 발조심하여 가거라
나는 늙은 암탉 같은 안타까움으로
그대들을 떠나 보낸다
이제는 다시 그대들이 비 바람에 젖고
진흙 속에 빠져도

아아 나의 가난한 체온과 날개는
그대들에게 이제는 쓸데 없어질것이니
부디 잘들 가거라
그리하여 꽃핀 동산에서○○○
맑은 물 가에서 목도 ○○○
어두워지면 속히 집○○○

나는 그대들이 한 없○○○
그대들은 걸어가고 자○○○
나는 그 자리에 가만히 ○○○
그대들은 자꾸 뻗어가고 켜 가는데
나는 단풍이 드는구나
그대들은 푸른 하늘 푸른 숲을 찾아 가는데
나는 낡은 둥지를 벗어나지 못한다
아아 그대들과 더불어 나는 나의 어둠에서
卒業할 수도 없구나
부디 나와 같이는 살지 말아라
나는 오늘 그대들을 축복과 한숨으로 보낸다
그리고 來日이면 또다시
나의 낡은 둥지에 앉아

어린 나의 병아리들을 안겠다
그리고 또 떠나 보내겠다
그러다가 내가 눈감는 어느날이 오면
그대들은 어디서 이름이나 외어라

호남일보, 1954. 3. 1.

* ○(동그라미) 부분은 원문 소실되었음.

첫날에

不死藥 먹은 處女
용기가 없어 너를 또 만난다

너는 항시 웃는 얼굴로 오나
내얼굴에는 손톱만이 번식한다

나는 너의 欺만을 믿는다
이제는 차라리 추악한 風景 속에
饑死 하리라

한 달에 두번도 더 오너라
服役은 빨리 끝나는 게 좋다

밤이 낮보다 그리운 黃昏이다
彈皮처럼 길 가에 또 너를 굴리마

전대신문, 1954. 6. 1.

回顧속에서

-六·二五날에 부치는 詩

아무 豫告도 없이 그날은 왔었다
마련이 없어 처진 사람만이 억울하던 그날이었다
집은 불타고
逮捕令에 쫓기면서 나는 꽃씨를 받았다

國軍이 수복하던 날
　우리는 얼마나 날뛰며 소리쳤던가
　마지막 발악하는 총소리 속에서
벽보를 뜯으며
우리들은 어느 으슥한 골방에 모여
密會를 가졌었다

그 후 다섯해
싸움은 아직도 끝나지 않고
터지지 않는 三八線 저 쪽에선
侵略을 도모하는 소름끼치는 北方 악센트들

누가 누군지 분간도 못하고
무엇이 무엇인지 알아차리지도 못할
잘난 사람들의 도까비 난장 속에서
지글거리른 燐火를 안고

나는 숨어 꽃이나 기른다

한 송이 白合 보다 참되지 못한 인간들
어디를 둘러도
고기 저자와 같은 나의 추覺이 저주스럽다

主여
다시는 黃金과 주변이
愛國心으로 불리워지지 않게 하옵소서
다음 이날은
統一紀念日로 부르게 하옵소서

전남일보, 1954. 6. 25.

까마귀

철없던 自卑의 날에
孔雀의 꼬리를 훔쳐 꽂기도 하였으나

차츰 무엇엔가 복수심으로 이즈러지는 마음에
이제는 차라리 魔鬼와 친하려 하였다

백 번 절하고
그 앞에 卑屈해도 좋다

허나 드디어 마귀를 만나지 못한 까마귀는
이젠 꾸며 마귀와 친한 체 하였다

바늘 하나 꽂을 자리 없는
그 저주 받은 빛갈이 이제는 오히려 미덥고

아무리 다듬어도 고와지지 않는 목청이
能力인 양 會心의 미소로 바꾸어졌다

하여 궂은 비 내리는 날에는
부러 人家 가까운 가지에 앉아

까꿍! 까꿍!
가장 흉측한 소리고 울고

즐겨 무덤 같은 델 어정대어
둔한 부리로 해골을 쫓고

돌리병 앓는 마을에 가선
까욱 까욱 목청을 돋구어 귀신을 불렀다

사람들의 憎惡와 恐怖가 커질쑤록
까마귀는 으뭉스레 이즈러진 웃음을 띄웠다

전남교육, 1954. 6. 28.

이날은

—光復節에

작熱하는 太陽 아래
生日처럼 찾아오는 우리의 새 名節
이날을 祝賀하기 위하여
噴水처럼 기쁨을 浪費해도 좋다

그러나 이날은 또 굳이 창문을 닫고
깊은 悔悟에 잠겨야할 날이다
日帝의 무거운 쇠사슬 이끌고
日蝕된 半世紀의 辱된 세월 속에서
헐벗고 굶주리고 牛馬처럼 使役되던
슬프고 부끄러운 歷史를 비져낸것은
진실로 그릇된 우리祖上 自身이었다는 것을
깊이 깨닫고 뉘우쳐
다시 한번 거울 앞에 서야 할날이다

하여
利慾으로 흐려진 눈알을 닦고
安逸로 나怠해진 肉身을 채찍하여
民族의 良心으로 復活해야 할 날이다
우리가 헛된 기쁨으로 우줄대는 동안에
陰兇한 毒牙를 갈고 있는 원수들을

다시 한번 똑바로 쳐다보아야 할 날이다

지글거리는 八月의 太陽아래
모든 不純한 것 다사루어 버리고
八月의 太陽처럼 뜨거운 피로 돌아가
한사람 한사람 겨레의 砲彈이 되어야할날이다

목포일보, 1954. 8. 15.

解放十年

(一)
光復後 벌써 十年
갓난아이라도 국민학교 몇학년에 다녀야할 그동안에
우리는 무엇을 해왔던가
날고 뛰지는 못할 망정
우리의 발거름은 어찌 이리느리고 훑은것이냐
敵治 三十六年에
그들은 十年을 어떻게 利用했던가
머리를 들수가없다

(二)
우리가 비웃던 敗亡의 倭敵들은
또다시 일어서 줄기찬 건설과
全面的武裝과 불타는 再侵의 野慾을 품어
앞날의 久保田 發言이며
獨島橫套의 兇計며
교胞의 迫害며
악착같이 덤비고 버티는데
우리는 대체 무엇을 하고 있는가
원수를 살지게 하는 密輪品을
얼굴에 바르고 칠하고

구렝이 보다 징그러운 놈들의 상품을
몸에 감고 입고
거리를 활步하는 미운 꼬락선이들
아 증惡심이 마비
敵개心의 喪失
微庇한 無自覺!
이러하고 어찌 나라의 기둥을 일으키며
원수를 막아 낼 수 있을 것인가

(三)
풀잎죽과 겨범벅으로 延命하는 농民들
벙어리된 民衆
제밥에만 눈이 가는 選良들
귀먹은 指導者들
그리고 벗겨진山 녹쓰른 工場
무너진 교량
지금까지 웃찟 않는 三八線
또 늘어가는 것은 무엇이냐
구두 닦는 少年
허늠한 茶房群 선술집 양品店
婦人계와 大火災와 交通事故와

大規模의 疑獄과
숙숙한 사치뿐
매끈한 손길로 茶房에 앉아
쓴 커-피나 할작이며 제법 文化人체 하는
要領 좋은 이나라의 젊은이들
아 이런것들이
해放十年 오늘의 풍경이어서 될것인가!

(四)
고래 고래 소리치는 자는 물러가라
턱으로 남을 부리려는 者도 물러 가라
발벗고 나서는 일꾼만이 필요하다
十年이면 속지 않을 訓練은 充分하다
김 빠진 行事나
어쩔수없이 걸어가는 市街行進으로 오늘 보낼것인가
차라리 문을 쳐닫고
뉘우침으로 가슴치며
十年後의 우리가 어떻게 될것인가를
깊이 깊이 생각하는 날로 하자

-四二八七年 八月-

광주신보, 1954. 8. 15.

흙

모든것이 흙에서 나고
모든것이 흙으로 돌아간다
매만지면 바스라지고 불면 날아가
는아무렇지도 않는 그런 흙 속에
생명의 신비가 숨어 있어
오곡이며 나무새며 꽃들이 피어나는
그런 무한한 능력으로
두텁게 지구를 두르고 있다는 것은
이 얼마나 놀라운 축복이냐

흙에서 나서 흙에서 살다가
흙으로 돌아가는 농민의 생활은
생명의 기사이며 예술가인것이다
이런 신비의 기사들이 흘리는 땀으로
지구는 돌아가고 인류는 꽃피어간다

태양과 흙을 등지는 곳에
죄와 멸망이 숨쉬고 있다
평생에 흙을 파보지 못한 자들의
그 불행을 무엇으로 깨우칠 것인가

넘쳐흐르는 유방
보드라운 침상
그리고 아늑한 무덤
내가 의지할 아무것이 없고
나를 돌아보는 아무하나 없어도
내가 발 붙일 흙이 있고
내가 묻힐 흙이 있다는 것은
이 얼마나 관곽처럼 든든한 미더움이냐

農衆, 1954. 8. 18.

紅島

물결은 달려와 항시 흰 이빨로언저리를 깨물고
바람은 떼지어 줄처럼 바위를실어

여기 永劫의 옛날부터
움직이는 것과 움직이지 못하는것과의
치렬한 자연의 싸움 속에서
안타까운 견딤으로 이루어진
孤海의 絶景一紅島
오 견디기 위해서만 있는 나와같은 섬이여

岩壁의 浸潤은 퍼져 많은 空洞을 이루고
구름다리처럼 뚫린 아슬아슬한 바위 밑을 저어가면
오싹 무섬기 드는 속속들이 碧玉같은 물
아름다운 海草를 헤치고 들어가면
龍宮의 門이라도 만날 것 같다
변두리마다 입벌린 怪物의 소굴같은 洞窟들은
어둠 속에서 소리를 되씹어 호통을 한다

사람들이 이런 殘忍한 상채기를좋아 하는 것은
그 속에 견딤으로 淨化된 自然의 숭고한 意志가 숨어있기 때문이리라
山上에는 人跡이 未到한 處女林들이 햇살을 쪼이고

海風에 시달려 白骨이 된 松백들이
코발트 하늘 밑에 고달픈 墓標처럼 敬건하다
윤이 흐르는 수10종의 상록濶葉樹며
그 아래서 淸香을 풍기는
나고蘭 風蘭 石곡동의 貴族植物들
나무 등걸에 붙어 氣根으로 空氣만 마시고 사는 大葉風蘭은
술까지 좋아한다니 神仙格이다

어디를 헐어봐도트집하나 없는 놀라운 변화
하늘과 바다와
植物과 岩石과
明暗과 色彩가
이렇게 정결하고 이렇게 황홀하게 調和될수있는것일까
沈黙으로 밖에 너를 表現할 길이없구나

少女들은 海狗처럼 날신 날신 물에 뛰어들어
전복과 해초를 따오고
7 · 8月 더위인데도 불을 피우며
뜨거운 바위 위에 배를 깔고 몸을 다쉰다
支署도 面事務所도 도둑도 없는섬에는
校長 하나 밖에 없는 國民學校가 童話 같구나

西北 斷崖 위에 修道院처럼 솟은 白堊의 燈台
燈台守는 아마 神을 만나리라

물이 귀한 섬 쌀이 귀한섬 약이없는섬
그리 흔한 사이다— 한병 파는집이 없어
紅島는 더욱 좋다

안개여
물결이여
고스란이 섬을 덮고 물길을 막아두어라

—1954年 8月 紅島를 다녀와서—

* 紅島는 大黑山島에서 西쪽으로 약 3시간걸리는 孤島이다. 여기서 風蘭이라고하는 것은 '나고蘭'이고 風蘭은 따로 있다. '나고蘭'을 大葉風蘭이라고도 속칭한다.

호남신문, 1954. 8.

日常

-樓門洞時代

껍데기를 벗기 듯 아내가 이불을 제끼면
알뻰대기마냥 体溫을 깔고 나타나는 나의 아침

행주치마 두르고 아내가 나간 뒤
어린놈을 업고 방을 치우노라면
이윽고 등에 스며 오는 따뜻한 液体의 감촉

숟가락을 놓기가 바쁘게 집을 나서면
운동장엔 벌써 까마귀떼처럼 아희들이 흩어져 있다

밸이 터져 나온 칠판 닦개
검은 바다처럼 아득한 흑판
消耗를 강요하는 백묵들

三백 예순 날
판에 박은 듯 단조로운 생활
살아 간다기보다
어쩌지 못하는 버릇처럼 살고 있는 생활
하루에도 몇번 입저름을 하고
다시는 古物商의 신세를 질 구석진 물건도 없어
단 세 식구 세월 없는 얼굴로

찬 방에 시무룩 앉았노라면
진정 신산한 기운이 습기처럼 무릎을 기어올라 온다

이리하여 아내의 이마에는 제법 잔주름이 터를 잡고
내 얼굴에는 세월의 그늘이 끼어 간다

광고 4, 1954. 11.

頌禱

–크리스마스 · 이브에

地獄에서도 추방을 당해야 할
죄로 더덕진 이 몸이
당신으로 말미암아 모든 용서를 입삽나이다

太陽이 비쳐도
철야 삼경 같던 온 누리가
당신이 나심으로 비로소 빛을 보았나이다

저희들이 가는 길은 무덤이 아니요
또 하나 다른 길이 있사옵나니
困辱은 오히려 보람입니다

바람에 시달리는 늙은 나무처럼
肉身이사 헐벗고 굶주릴지라도
다시는 絶望이 좀치지는 못할 것입니다

당신이 흘리신 피의 한 방울도
앓는 羊처럼 타는 목을 추겨
불가살이 같은 힘을 얻사옵나니

아아 무엇으로 이 밤을 기리오리까
어떻게 이 기쁨을 노래하오리까

하늘이여
명송이 같은 눈이라도 함빡 내리어
온 누리를 복되게 꾸미소서

호남신문, 1954. 12. 25.

크리스마스풍경

이 가난한 거리 거리에
무엇을 선사하려 산타크로스는
저렇게 범람하는 것일까

쇼윈드 안의 단장한 선물들은
새침한 표정으로 흘겨보고 있고
人造雪을 함빡 이은 크리스마스 트리—는
銀紙의 星座들을 찬란하게 찻다

사람들은 모두
자기들의 생일이나 되는 듯이 우줄대며
보道를 가는 걸음걸어도 가볍고
茶房마다 짙은 卷煙 속에
會話들이 홍그럽다

그렇게 인색하던 電氣會社도
이 밤만은 窓마다 노란 불을 배급하고
밤 하늘에서는 명송이 같은 눈이
춤을 추 듯 느릿 느릿 내리는데

교회당 꼭대기에서

제마다 신이난 種소리들은
거리거리에 平和를 뿌리고
盛裝한 찬송가는
엿가락처럼 창 밖으로 흘러나온다

그러나 이 밤
예수님은 이런 교회 안에도 안계시고
七面鳥 찜한 잔치상 앞에도 안계시고
「대체 누구를 위한 저 야단이냐」고
쓴 웃음을 웃으시며
눈 오는 거리를 맨발로 거닐어
어두운 골목길
혹은 다리목 같은 데 쓰러져
가마니 때기를 무릅쓰고 우는
아무에게도 버림을 받은
어린아이들의 손목을 이끄시는데 바쁘셨다

이튿날 朝刊들은
간밤에 강시자가 많았다고
조그맣게 記事를 내었다

전남일보, 1954. 12. 25.

除夜賦

사박 사박 내리는 눈 소리를 들으며
감겨지지 않는 눈동자

어쩌지 못하는 버릇처럼
비틀거리며 걸어 온

여기 하나의 조그만 終点에서
憤怒보다 먼저 休息이 필요한 肉体

검어잡을 수 없는
來日을 맞이할 빈 마음을

다시 둘리자는 諦念과
刑期가 줄어진다는 自慰로 채우며

悔恨도 自嘲로 꿈처럼 밴
밤 눈 소리를 듣는다

전대시 12, 1954. 12.

새해에

다시는 찾을 수 없는
落葉처럼 떨어진 세월 속에서
은근히 얼굴을 내미는
아아 교활한 「欺瞞」의 貿易商이어

너의 많은 핀잔으로 굳어진
소라껍대기 같이 수퉁한 나의 年輪들이
이제는 너무나 무감각하단다
그만 상냥한 탈을 벗어라

하늘이 아직도 나를 남겨 두심은
나의 고통이 남아 있기 때문이다.
파도에 깨물리는 紅島의 바위들처럼
나는 오직 견디기 위해서 있다

冬眠期를 앞둔 파蟲類마냥
無氣力한 나의 季節에
信號의 警鐘처럼 찾아오는
정다울 수 없는 늙은 친구여
너는 보아라
나의 참회가 끝나도록 때를 주시는

하느님의 엄한 仁慈 속에서
내 肉身이 어떻게 견딤으로 마사지는가를
내 영혼이 어떻게 눈물로 닦여지는가를

호남신문, 1955. 1. 8.

四月의 表情

1 少女

視線들로
간지러워지는 少女

少女의 발목에
봄이 휘감긴다

꿈으로
두두룩한 가슴

아스팔트는
한결 彈力을 얻는다

자욱마다 青春을 못박으며
少女가 거리를 간다

2 四月

참새 목청이
쨍쨍 가락으로 울리는
　아침이면
아내는 조름겨워 죽는

양하고
꽃구름 희부연 한낮이면
노지근해 싸이렌도
졸면서 운다

탈도없는 훈훈한 그믐밤인데
하늘에 빨간놀이 뜬것은
無等山에 불이 난게다

3 新綠
무거워지는
樹木들의 体重으로

地上에는 아름다운
班紋이 퍼져가고

透明한 바람이
肉身을 찾는 가지위에선
여름의 少年들의
合唱이 인다
(몇 年前의 手帖에서)

四月의 表情, 1955. 4. 4.

齡

하루보다 허망한 것을
마흔 해를 걸려 토파왔다

쌓인 세월이 칼처럼 무거운데
황혼인 양 헛되이 조급한 마음

주눅들린 걸음은 길마저 잃어
옮기는 발짓마다 흩은 춤이라

재치로 소낙비를 뚫고 가듯이
이마냥 즈믄 해를 더 산다기로

꿈이 새어 나간 허물 같은 세월을
속아서 염주 헤듯 다시 헤이랴

이제는 생살이 묻을지라도
기름 먹은 탈일랑 벗어야겠다

참으로 노할 수도 있는 계절에
盆栽처럼 등길에 이끼 피우랴

인생은 要領이 아닐 것인댄
부서져서 차라리 서럽지 않다

이렇게 신념 없이 살 수 있느냐
刑吏처럼 모질게 나를 몰아라

천 년이 하루 길로
나를 몰아라

시정신 3, 1955. 5. 1.

生命의 길

–다시 부르는 새해의 노래

修繕할 수 없는 많은 세월들이
落葉처럼 날려 간 더덕진 등걸에
또 하나 채찍처럼 감기는 무거운 年輪
감기는 자욱마다 타–르처럼 흐르는 피범벅인데
울부짓는 목청은 귀먹은 질그릇 울림

취한게 아니라 비틀거리는 길이요
한숨이 아니라 목이 타는 냉갈이요
춤이 아니라 몸을 비꼬는 몸부림이요

열매보다 단풍이 앞서는 세월 속에서
오직 견딜성만이 진처럼 괴어
관솔보다 쩔어진 육신이요
힘줄보다 질겨진 목숨이요

이렇게 가는 나의 길에서
뼙다귀 닳아지는 소리 길에서
아직도 나를 단념하지 않는 것은
–부질없이 마련된 목숨이라고는
생각해 버릴 수 없기 때문이요
–무엇인가 있을 것을 믿어보기 때문이요

—헛되이 흐르는 세월이라고만
생각할 수 없기 때문이요

—流彈 하나에도 죽을 수 있고
自動車 사고로도 죽을 수 있는
한찮은 내 목숨이 이어 가는 것은
누구의 시키심임을 믿기 때문이요
누구의 참으심임을 느끼기 때문이요

—목도군처럼 아직도 내가 감당해야 할
만은 무엇이 남아 있고
—아직도 많은 사람에게 나누어 주어야 할
무엇인가를 가지고 있고
—아직도 무엇엔가 바칠 수 있는
힘을 믿어 보기 때문이요

—몸을 부디쳐
무엇엔가 피를 쏟아버리고 싶은 주림 때문이요
—내가 죽은 날은
내가 닳아져 없어지는 날인것을 믿어 보기 때문이요
—아직도 언제든지 죽을 힘은 남아 있다고

생각 하는 때문이요

—하여 나날이 채쳐지는 나의 時間은
한秒한秒가 무의미하게 스러지는 消滅이 아니라
永遠으로 通하는 蓄積이라고
믿어보고 싶은 때문이요

補修할 수 없는 세월들이었기
이제는 되도록 천천히 늙어야겠소
해마다 되 노이는 내 노래요.

—九五六·一·一—

광고 5, 1956. 2.

피의 復活節

-三·一節에 부치는 노래

江처럼 흐르는 悠久한 우리의 悲劇 속에서
벗어날 수 없는 絶望에 빠지다가도
三月이 오면 나는 그래도
우리 民族이 亡하지 않을 것을 믿게 된다.

일찌기 祖國과
自由와
共生을 위하여 그렇게 순수하게
타오를 수 있었던
三·一 先烈들의 뜨거운 피가
아직도 地下水 처럼 겨레의 가슴 깊이 흐르고 있을 것을
믿어 보기 때문이다.
이것이야 말로 오직 하나 우리의 자랑이요
이것만이 우리에게 아직도 힘을 얻게하는 希望이다.
이 어둡고 긴 긴 自侮의 歷史 속에서
이런 믿을 것 마저 없던들
우리는 무엇으로 來日을 밝힐 것인가

그러나 · 오늘 우리가 對決해야 할 것은
이미 日帝의 압제는 아니다
진실로 우리 血管 속에 흐르고 있는

구정물 같은
膿汁 같은
우리의 썩은 피 自體인 것이다.
발밑 에서 자꾸 땅이 꺼져 간다.
머리 위에서 자꾸 추녀가 내려 앉는다.
이미 腐屍의 냄새에도 익어버린 嗅覺인데
그보다 못견디게 진동하는 이 무슨 악취이냐

不信과
欺瞞과
私利 私慾과
悖倫과
世紀末的 頹廢와
滔滔한 사치와
派黨과
짜고하는 演劇과
알고 추는 보릿대춤과
營養失調와
農民의 呻吟 속에서 어디에 한오리 빛을 찾을 것인가

아니 참으로
우리는 이러고만 이러고만 잇을 것인가
이대로 썩어버려야 할 것인가
이대로 무너져 버려야 할 것인가
이대로 亡해 버려야 할 것인가
地球 上의 어느 族屬보다 못난 겨레가 되어야 할 것인가
차라리 亡해 버려서 싸야 할 것인가

아 三 · 一節
오늘은 우리 모두 가슴을 치고 일어서야 할 날이다.
진실로 이날은
鎔鑛爐 처럼 白熱한 祖國愛 속에
펄 펄 뛰는 生한 목숨을 草芥 같이 바치던
三 · 一節 先烈들의 진한 피를
우리 모두가 復活 시켜야 할 날이다.
이 불타는 얼로 먼저 우리 自身과 싸워야 할
피의 復活節 이다.
　　－朗讀을 위한 詩－

꽃샘, 1956. 3. 3.

하나의 祈禱

당신의 너그러우심이
오히려 이렇게 저를 괴롭히나이다

매를 아끼지 마시옵소서
제가 감당해야 할 모든 고통과
제가 받아야 할 모든 형벌을
그대로 그대로 주시옵소서

제가 갚아야 할 모든 부채를 깡그리 다 갚게 하시옵소서
그 아픈 모욕 속에서
참된 기쁨의 노래를 부르게 하시옵소서

이대로는 당신을 찬양할 수도 없읍니다
당신의 인자하심이 저에게 짐이 되게마시옵소서
저로하여금 모든 것을 다 치룬 자의 참다운 자유를 갖게하시옵소서

하여
참으로 소리 높여 당신을 찬양하며
당신을 잊은 듯이 당신 안에 있게 하시옵소서

전남일보, 1956. 3. 11.

나무 씨를 뿌리며

옛날 사람들이 먹은 자리에다 씨를 묻어 주고 가 듯이, 그런 심정에서 나무 씨를 뿌린다

감나무 · 밤나무 · 유동 · 리기다솔 · 푸라다나스 · 튜립나무 · 은단풍들……

살아서 그 보람을 누리지 못할지라도 먼 훗날 우리의 뒤에 오는 그 누구들이 이 나무 밑에서 쉬어 가며 이 나무 열매로 주리지 않고 이 재목들로 집을 짓고 몸을 녹이며,

또, 이 헐벗고 매마른 강산이 이 나무들로 아름다워지고 사람들의 마음이 윤택해질 것을 믿어 본다

노상 우리들이 그 그늘을 탐하며 그 밑에서 생각을 다듬는 저 거목(巨木)들이 누가 심어 주고 간 것인지

우리가 알지 못하 듯이, 그렇게 이 나무 밑에서 쉬어갈 많은 사람들을 생각해 본다

내 손에 쥐어진 한 웅큼 씨앗들, 그 한 알, 한 알 속에 사람으론 창조할 수 없는, 천 년을 누릴 생명이 들어 있다는 것은 새삼 얼마나 놀라운 신비인가 그 간지러운 수물거림이 내 혈관에 전해질 때 나는 못견디게 답답해지며 경건한 마음으로 흙을 찾는다

머지 않은 훗날 내 가난하게 돌문 앞에 설 때, 내놓을 것이라곤 오직 몇 그루 나무씨를 뿌리고 왔노라고 이 한마디 밖에 없을지도 모를 일이다.

시정신 4, 1956. 9. 19.

姿勢

가난이사 서렁 부끄러움은 될지언정
무슨 죄야 되겠느냐

모멸이야 법열처럼 견더 보이마
나는 나대로
으젓하게 그안에서 따로 사는 것이다

몇 잔 술에도 저를 잃어 버리는
육신이란 얼마나 시픈 것이냐

설사 가축보다 서럽게
보람없는 부림으로 생애할지라도
아예 통곡이란 들지 못하리라

바람에 시달리는 나무처럼
바위로 막힌 파도처럼
한결 왕성하게 생명하리니

자
누구든지
무엇으로든지
절망의 구렁 속에 너머뜨려 보렴

현대문학, 1957. 4.

새해에題함

저 납빛 음산한 구름장을 활짝 가르고 해여
말끔히 씻은 새 얼굴을 내놓아 보아라
아직도 건강이 회복되지 못한
마을 마을 거리 거리
그리고 외딴 섬과 후미진 골짜기까지
다사로운 빛으로 화안히 비쳐보아라

늙을 새도 없이
그늘 아래 한번 앉아 볼 새도 없이
모두들 허둥지둥 끌리어들 왔다
회치 듯 자욱난 상처들을 보아라
언제까지 기다라고만 견디고만 있으란 말이냐
마치 기다리는 것이 목적인 것처럼
견디기 위해서 태어난 것처럼—

가시 우거진 관목(灌木) 숲 짙은 안개 속에서
많은 사람들이 저렇게 헤매이며
무엇인가를 목마르게 찾고 있다
무엇인가를 목매어 부르다간
쓰러지고 있다

해여
이제는 아무것도 안 믿게 된
이 지친
사람들에게
참으로 견디는 슬기와
기다리는 즐거움과
참는 힘을 불어 넣어 주어라

그리하여
이 도한(盜汗)에 젖은 산과 들이
흐느끼는 눈물과 한숨을 모라내고
싱싱한 초록빛으로 빛나
오직 하나 나아가야할
내일을 위한 우리의 길 위에
우렁찬 합창이 거기 있게 하여라

전남일보, 1958. 1. 1.

逆禱

잃어버려야 할 理性과 常識을 아직도 지니고
괴로워하는 이 어리석음에서 벗어나게 하소서
도저이 못되고 거지가 되려고 努力하는
이 古風스런 營爲에서 벗어나게 하소서
어설픈 良心일랑, 人蔘밭 짓밟듯, 직신 직신 짓밟아
다만 强한 힘과 불타는 惡만이 내 안에 충천하게 하소서

하여, 모든 善해 빠진 것, 自虐的인 것
가난과 悔恨 같은 것을 깡그리 뽑아 버리고
이런 寶石들로 —
<欺瞞>과 <變節>과 <僞善>과 <狡猾>과 <驕慢>과 <獨善>과 <權謀>와 <術數>와 <폭력>과 <뱃장>과 <殘忍>과, 그리고 불타는 <復讐心> —
이런 찬란한 寶石들로
내 冠을 빛내게 하소서

하여, 모든 人間들이 내게 敵對하여
모든 正義가 내 앞에 쪽지를 드리우고
모든 아름다운 것, 善한 것들이 떨며 물러가게 하여
諸惡의 首領, 惡德의 尊長이 되게 하소서

아니면 차라리
억만 남은 家畜처럼,
어느 이름 없는 골짜기에 쫓기어
뭇 사람의 사나운 돌맹이에 쓰러지게 하소서

현대문학, 1959. 4.

江

꿈을 안아
잠시 바다로 달리고 싶은 마음

골짜기마다 가는뿌리 박아두고
이끼 깐 바위츰 고이스미는 방울

여기 슬기과 忍從의
요원한 첫걸음을 비롯하나니

落葉 쌓인 구렁길 숨죽여 기어가고
서슬선 돌부리 재치스레 스쳐돌아

비랑 만나면 모스매처럼 뛰어내리고
어울 만나면 홍그러운 가락을뽑아

복숭아 핀 마을을 안아 흐르고
모난 돌맹이 돌돌 둥굴레 굴려

모든 支流들 한데 이끌어
이젠 長江의 風度로 유유히 흘러

流域마다 풍성한 마을을 거느리고
숫한이야기와 더불어 바다에 다담나니

여기 다섯 뭍 물줄기 한데모아
어디를 달려도 國境없는 기쁨에

노상 푸른 노래로 넘실거리며
항시 하얀 이빨로 웃어

북처럼 바쁘게 貿易을 짜고
眞珠 · 호책 · 숫한 水族을 품어안아

크낙한 사랑으로
地球를 싸다

—十年前의 未原稿에서—

전남일보, 1959. 8. 17.

惡의 初段

나는 한사코 毒蛇가 되려는데
왜 순한 살무사가 되라는 거냐

百萬 適意의 焦點
<오만>과 <음흉>의 모개비
미운 미운 너의 올대머리를
渾身의 힘으로 잘끈 물어
대롱 대롱 매달리고 싶다

猜疑로 깎기운 볼
狹量으로 좁아진 이마
石嵰처럼 오만한 콧날
흉계로 빛나던 너의 眼窩를
貪婪한 鳥鵲들이 쪼으며
간휼하게 놀리던 不德의 首府에
蛆虫이 우굴거리는 꼴을
이 눈으로
똑바로 싸느랗게 보고야 말겠다

<激憤>처럼 純粹한게 또 있느냐

늙은 良心아! 너는 왜 燐光처럼 비벼도 비벼도 꺼지지 않고
꺼림칙하게 나의 毒을 적시는 것이냐
꺼져라!
나를 分裂시키는 못난 遺物!
나는 惡의 初段
毒은 나의 힘!

알아라
無慈悲로 찾아지는 平和가 있다
惡으로 이루어지는 正義가 있다

현대문학, 1959. 10.

尼庵에서

아무 思念 없는 한 개비 삭은 나무처럼 부질면 파삭 꺾어질 것 같은,
그런 尼僧들이 살고 있다.

情炎이 다 탄 잿더미 위에 하얗게 서리마저 내려 귀를 덮은 백발
세월이 누비고 간 숫한 주름살 속엔 寂滅할 것도 잊은 듯한 諦念이
자리하고, 관솔처럼 질긴 삭신에는 견딜성만이 송진 같이 쩔어있다.

저렇게 소쩍새가 울고 또 저렇게 단풍이 울부짖어도 傳說처럼 아리숭해진 추억의
비둘기들은
이제 다시 이 廢苑에 내려 앉지않는다.
검은 머리 칠 칠, 나를듯 날신한 어깨 추석여 흐느끼며
눈물로 새던 달밤들이 있었다는 것을 나는 참으로 믿어볼 것인가

이제 아무 목마를 것 없는 한겻진 가슴에는 자꾸만 안으로 고이는
精들이 어리어
또록 또록 몇 片 舍利로 여물어 가는가

念佛 외이는 외에는 하루를 가야 말 한마디 없이도 살아가는 이
호젓한 삶 속에서
山監이 두려워 숯불도 못피우노라, 잿불에 유과 튀기고 있는,
아무도 찾아오지 말았으면 싶은 尼庵이 있다.

—1955년 大興寺에서—

자유문학, 1959. 10.

祠堂있는 風景

日帝시대 高商을 나왔다는
오십을 훨씬 넘은 주인은
코밑에 수염을 기르고
會話에 영어 단어를 섞어가며
이야기할 줄도 아는 영落한 宗孫
나라의 祿도 못먹고
벗어부치고 일할 줄도 모르는
時代가 버리고 간 소조한 族屬
晩得의로 얻은 어린애 하나 안고
부인의 핀잔에 小心한 궁한 선비

靑苔낀 祠堂앞, 늙은 은행나무에선
노랗게 물든 은행 잎이
시납으로 비 오듯 하는데
오늘도 말강 콧물 흘리며
입 벌린 石榴알 백지로 봉해
처마안에 달고있는 정성스런 손가락

이가 틀 祠堂 마루위엔
시들은 풋고추며
명다래가 널려 있는데

찬바람 도는 어두운 사당 안에서
일년열두달, 한번찾아오는 제삿날을
기다리고 있는
祖上의 神主들은 얼마나 쓸쓸할가.

전남매일신문, 1960. 11. 5.

光州農高 校歌

一, 湖南의 넓은들 우리의마음
드높은 無等은 우리의 氣象
眞理와 理想의 꽃피는學園
이름도 壯하다 光州農高

二, 農 業 立國의 홰ㅅ불을들고
헐벗은 大地에 시를부리니
山마다 푸른빛 굵은棟樑材
들마다 꿀과젖 흐르리로다

三, 勤勞와 사랑은 우리의精神
學問과 技術을 닦고또닦아
祖 國 富强의 빛나는使命
이루어 누리며 三千里疆土

농고 교지 졸업기념창간호,

蛇

시퍼렇게 흐르는 시기의 피로
太初, 神의 뜻에 헤살을 부린 者

비록 咀呪로 혓바닥 찢기우고
배로 땅을 기어 띠끌을 핥을지라도

제 뜻으로 바꾸어진 고소한 歷史 속에
오히려 누림직한 惡意의 法悅

끝내 挑戰의 혓바닥 낼름 낼름
기어코 人類 멸망을 보고야 말려는 者여

차츰 인간의 외양과 심뽀가 너를 닮아
너보다 징그럽게 繁殖하는 것을

너는 刑罰보다 고소해
호숩게 배로 기느냐

부라보! 늙은 친구여
너를 위해 盞을 든다

마을

대 뿌리와 雜木에 걸리어
얼룩진 짐승마냥
산 그늘에 웅숭크린 마을

지친 小市民의 그림자 이끌고 내 여기 들면
코피를 쏟을 듯 진한 밤꽃 냄새
쥬리아紀의 巨獸마냥 발돋음하여
소리 없이 덤벼드는 무성한 나무들
장마 치른 고샅길은 성내 자주 발뿌리를 차고
고랑져 내려 앉은 지붕 밑에
핏빛 지색물이 칙한 남루한 초가들
노점 앓는 아들이 小作權마져 팔아 出奔한 후

이른해 세월이 눈 같이 하얀 아버지는
껏보리 멍석 말에 한탄도 오히려 사치하여
木像처럼 호올로 닭을 지키고
보릿대 위에 쓰러져 자는 손주딸의 입간엔
먹을 칠한 듯 파리떼가 묻어 있다

집집마다 울은 헐고 빈집처럼 허전하여
빨간 蜀葵 한포기 피지 않은 마을엔

풀마디를 뽑는 듯한 영계 울음만이 재롱스럽다

마을은 겁이 많아 나무 그늘에만 숨는 것이다
마을은 병이 들어 웅숭크리고만 있는 것이다

—六 · 二五前의 고향에서—

家族

아무도 즐기지 않을 약속으로
한데 모인 廢船의 지친 船員들

모두 칼처럼 괴로운 목숨인데
服役처럼 견뎌내야 한다

가루어진 세월 속에서
하늘이 그리워 경련처럼 파닥이면

벽!
벽!
벽!

鱗粉은 이미 스러지고
살마저 부러진 臘紙같은 나의 날개여

파란 하늘을 나르는
명주 빛 毛冠을 단 씨앗들이 그립다

濟州道

地圖에는 다 사리지 못할 너의 距離이기에
외진 구석 굵은 줄안에 가치어
외로운 馬鈴薯처럼 굴러 있는 섬 濟州여
노란 柚子 익는 香氣 속
피 뱉는 冬柏 숲에 안개 서리고
漢拏山 높은 기슭, 放牧의 망아지 떼
原始처럼 한가로운 섬 濟州여

萬里 밖 거센 물결로 가로막혀
항상 이붓자식처럼 너는 외로우나
나라와 겨레에 대한 불타는 사랑으로
本土가 안타까워 넘어다 보고 넘어다 보고
목이 길어져 高山植物로 단장한 漢拏山이
우뚝 솟아 愛國塔이된 섬 濟州여
封建의 옛날 진정 나라를 사랑하던 많은 사람이
네 땅에 귀양 와 뼈를 묻었나니
사모친 넋이 지금도 너의 가슴에 살아
本土로 달려가고 싶은 마음에
물결이 미워 몸부림치는 너의 몸짓을 나는 아노라

南쪽 바다 속 熱情의 섬 濟州여
지금 祖國의 運命을 걸은
진탕치는 싸움이 한창인 판에
쫓기는 까토리처럼 싸우지 않고 네 품안에 숨어드는
철없는 同族의 꼴이 너는 얼마나 얼마나 미우냐
튜럭에 쌀을 가뜩 싣고
남은 타지 못하는 배를 마련할 수 있는 사람만이
꿈으로 아로사긴 너의 터에
卑怯과 利己의 저자를 이루려 하노니
아 濟州여 濟州여
冬柏 꽃처럼 붉은 피를 토하여
이 슬픔과 원통을 너와 더불어 통哭할거나

산문

蛇冠

–序에 代하여

내가 이런 귀중한 책머리에 감히 무슨 말을 쓴다는 것은 그런 취미도 없거니와 분에 맞는 일일 수 없다. 굳이 연줄을 댄다면 詩를 쓰는 사람으로서보다 여기 모인 네 詩人들이 내가 가르치던 학생들이었다는 연고로 정에 인색하지 못하는 것이다.

이 군들은 내가 알기에는 진심으로 詩를 써 보려는 열의와 노력을 가진 사람들이다. 오늘날과 같이 文化와 藝術이 그지없이 경멸되어 오로지 實利主義로만 자기를 가꾸려는 어수선한 世紀에 뜻을 세워 詩를 해 보겠다는 마음이란 作品을 떠나 우선 갸륵하지 않을 수 없다.

여기 모은 詩들은 君들의 習作期 中에서도 아주 習作期에 속하는 作品들일 것이며 또 君들의 年齡에서 完全을 구하기는 또한 무리한 일이다.

그러나 君들의 詩는 푸성귀처럼 한 줄기 신선한 맛이 없지 않으며 제각기 좋은 싹들을 보이고 있는 것 같다. 고등학교 一 二 年生들의 習作으로선 허물할 곳보다 추워야 할 점이 많다고 하고 싶으리만큼 앙징한 作品들이다.

그러나 아직 자기의 뚜렷한 個性이나 固有한 姿勢가 定着되지 못하여 종종 作品 가운데 作者 아닌 다른 얼굴들이 선뜻 선뜻 나타난다. 芝溶의 얼굴 棋林의 얼굴 廷柱의 얼굴 木月의 얼굴 그리고 顯承이나 東柱 朴洽의 얼굴까지라도 느끼지 못할 배가 아니다. 攝取한 것을 消化지 못하고 作品 위에 排泄하는 것 같은 印象을 주는 것은 詩人으로서 결코 명예스러운 일일수 없다. 自己 것으로 완전히 消化할 때 비로소 力量이 되는 것이다. 이런 이야기가 있다 전에 우리나라에서 어떤 詩人 한 분이 많은 詩稿를 가지고 中國에 건너가 그곳 大家에게 보였다.

大家님 말씀하시기를 "이 詩는 李太白의 詩에 가깝다" 우리 詩人은 무척 좋아했다. 또 "이 시는 東坡 詩에 가깝다"

詩人은 그지없이 기뻐하였다. 그러나 大家는 그 詩稿를 다 읽은 다음에 "그런데 대체 당신의 詩는 어디 있소?" 이렇게 물었다는 것이다.

이건 물론 여기 모인 詩人들과는 아무 관련도 없는 이야기지마는 아무튼 자기의 것 자기만의 것에 詩人은 더욱 완고하고 엄격해야 할 것이다.

이 詩人들은 앞으로 한결 같이 精進할 것이며 따라서 五年 十年의 착실하고 근면한 "年輪"을 쌓아 우리 시단에 "白藏薇"처럼 조촐하고 "봄맞이하는 果樹園"처럼 찬란하고 "青潭"처럼 맑고 "流星"같이 번쩍이는 存在들이 되어 주기를 빌어 마지 않는다.

常綠集, 1952. 3.

나와 花草

나는 오락에 대해서 퍽 無趣味하다. 장기, 바둑, 麻雀, 트럼프, 撞球, 其他 모든 오락과 一切의 스포ー쓰에 無緣한 사람이다. 굳이 내가 할 수 있는 오락을 든다면 五目과 맨화투 정도일 것이다. 그것도 노상 지는 편이다.

그러는 가운데 花草는 꽤 좋아 한다. 좋아 하는 정도가 아니라 病에 가깝다고 할까. 아무튼 꽃을 좋아하는 것은 麻雀이나 撞球를 좋아 하는 취미보다 밉지 않다고 생각한다.

지금 내가 살고 있는 집은 光州川에 面한 한길 가이어서 지독한 먼지와 도둑 때문에 신물이 난 집이다. 그러나 아직 떠날 생각이 없는 것은 職場이 가까와 便利하다는 理由뿐 아니라 매마른 땅이나마 過分할 정도로 터가 있어 花草를 매만질 수 있는 條件때문이다. 아무리 호사스런 文化住宅일지라도 꽃 한 포기 가꿀 자리가 없는 집이라면 나는 살기를 斷念할 것이다.

꽃 좋아 하는 몇몇 친구끼리 만나면 서로 농담하여 '花狂'이라 부르고 '요새 狂病은 어떻습니까' 이렇게 인사한다. 그리고 무슨 所得이나 있을 법하면 눈이 쌓인 아침이건 비 오는 궂은 날이건 不遠千里하고 서로 십쓸려 遠征을 나가 더러는 헛탕을 치고 운이 좋으면 우스깡스런 풀뿌리 몇 개를 무슨 寶物이나처럼 소중히 떠받고 喜色이 만면하여 돌아오는 것이다. 숨은 同好者를 알게 되고 또 연줄을 얻어 다른 同好者를 紹介 받고 하는 사이에 情은 두터워지고 親分은 十年知己처럼 가까워진다. 알지 못할 좋은 花草나 花木을 가지고 있는 同好人을 發見할 때 金鑛쟁이가 노다지脈을 찾아낸 것처럼 기쁜 것이다.

나는 木性植物보다 허술한 草本植物에 더 정이 간다. 牧丹이니 철죽이니 木蓮이니 泰山木이니 하는 나무들은 값이 나가고 求하기 어려울 뿐더러 몇 해를 두어야 꽃을 보니 꽤 忍耐를 要하는 일이기 때문에 나 같이 一定한 집이 없고 종이 한 장으로 언제 어디로 가야 할지 모르는 사람에게는 이런 半永久的인 植物이란 홀가분치 않아 不安스럽고 중난해지는 것이다 뿐만 아니라 이런 木城植物들은 한번 심으면 해마다 그 자리에서 그대로 자라고 꽃피고 하여 變化가 적이 맛이 덜하다 역시 花草 취미란 해마다 정성을 들여 씨를 받고 제 철에 땅을 파서 씨앗을 뿌리고 싹이 나면 소꾸고 풀매고 물주고 걸음 주고 하여 적공을 거듭하여 한 잎 두 잎 자라는 모양을 朝夕으로 보고 묘종을 하여 철철이 꽃을 바꾸고 種類와 빛갈을 마음대로 配置하여 變化있게 땅을 경영하는데 많은 興趣가 있는 것이다.

그러나 유감히도 친구들이 우리집에 찾아오면 허물없는 사이면 이까짓게 무슨 花壇이냐고 비수를 주며 그렇지 못한 사이면 失望한 표정으로 無難한 인사를 할 따름이다. 그만큼 우리집 花壇은 無秩序하고 平凡한 것이다 나는 무슨 珍奇한 꽃이나 나무를 가꾸는 것이 아니라 그저 어디서나 지천으로 볼 수 있는 花草들인데다가 또 무슨 造園術의 造詣에서 설계한 것도 아니어서 매우 純一이 없다 게다가 天性 과단성이 적어 제절로 씨가 떨어져서 난 것을 뽑아 버리지 못하기 때문에 그것들이 난 그 자리에서 제대로 자라고 꽃피고 하여 매우 지저분해지는 것이다 그러나 무슨 자랑이나

남 보이기 위한 것이 아닐 바에야 혼자 즐기면 그만이란 생각이다.

촉촉이 좋은 비 내리는 날 이웃에 꽃묘종을 나누는 情도 즐겁거니와 나누어 줄 이웃이 없어 묘종밭에서 콩나물 길 듯 密生하여 徒長하는 것을 보면 뽑아 버리기는 아깝고 매우 답답해진다.

채송화는 여름 한 철 눈부시게 아름답다. 노랑이 자주 분홍이 흰 것 알룩이 그날 피었다 그날 시들어 아침마다 희망이 새로워 좋다.

해바라기의 黃金빛 갈기는 强烈한 여름 太陽 아래 없어서는 안 될 꽃이다. 百年草는 枯淡한 古典的 色彩가 좋고 月見草는 너무 퍼져서 한편 구석으로 귀양보내야 할 놈이다. 그러나 여름 해 질 무렵 바스락 바스락 꽃잎을 풀며 활작 핀 황홀함이란 소리쳐 가족과 이웃을 불러내고야 만다. 翠菊은 花期가 길어 좋고 萬壽菊은 아무렇게 심어도 잘 살고 꽃이 복스러워 소탈한 게 좋다. 菊花는 洋菊도 좋거니와 在來種 黃麴도 野趣가 있고 허물없어 좋다. 건들면 움츠리고 나비처럼 절하는 미모사, 꽃술을 만지면 밀가루처럼 花粉을 噴出하는 失車草 역시 꽃술을 건들면 屈伸運動을 하는 채송화 등은 植物중의 動物이다 仙人掌은 꽃과 香氣도 좋으려니와 새끼치는 게 또한 재미다. 흰百合은 너무 향기가 진해 현기증이 날 지경이다. 봉선화, 맨드래미, 분꽃, 나팔꽃, 蜀葵, 石竹, 三色菫, 수선, 金盞花, 花菱草, 붓꽃, 葉鶴頭, 眞紅사루비아, 따리아, 칸나, 구라디오라스, 曼珠沙花, 薔薇, 金魚草, 虞美人草, 千日紅, 白茄 등등 헤자면 限이 없다. 루삐나스, 스위트삐, 헤리오토로프, 가―베라, 아쿠이레자, 카―네숀, 뿌리무라, 시네라리아, 아네모네, 베고니아, 시크라멘, 구로귀시니아, 아마리리스, 프리―자, 히야신스 등 一般花草나 溫室 花草, 球根等은 도저히 求할 수 없으며 日本 같은 데나 부탁하지 않으면 入手하기 가망 없는 듯 싶다. 日本의 種苗 가다구로나 農業雜誌등의 광고를 보면 그야말로 垂延 萬丈이 誇張이 아닌 듯 여겨진다.

앞으로 菊花와 薔薇를 모여 보리라 생각한다. 菊花는 現在 大輪, 中륜,

小륜 합해 한 二十種 나머지 있을 정도다.

挿木의 재미도 버릴 수 없다. 玄關앞 처마 밑에 큼직하게 挿木箱을 만들어 놓고 여러 가지 나무를 잘라다 꽂아둔다 朝夕으로 물을 주고 긴 忍耐를 가지고 기다린다. 더러는 살고 더러는 죽는다. 물 가늠이 어렵다. 薔薇 같은 건 高級種일쑤록 잘 죽는다. 今年에는 어렵다는 白藏薇가 네 그루 살았으나 高級種은 아닌 양이다. 앙징하게 꽃까지 피었다. 어린애에게 무거운 짐을 지운 것 같이 안쓰러워진다. 노랑이는 하나도 살지 않은 모양이다.

비좁은 茶房 혼탁한 空氣 속에서 싫증이 나는 再生音과 模造音으로 神境을 괴롭히는 것보다 뜰에 나가 花草나 매만지며 無我 三昧의 法悅 속에 邪念을 멸하는 것이 얼마나 정결한 衛生術이냐 싶다. 그러기 꽃을 사랑하는 사람은 선人이라고 하는 것이다. 그러나 짓궂은 친구들은 朴洽이 같이 꽃을 사랑하는 惡人도 있지 않느냐고 빈정대는 것이다. 꽃들에게 미안한 일이다.

언젠가 徐廷柱氏는 꽃과 더불어 술을 사랑해야 선人이라고 웃었다. 꽃도 술도 頑固히 좋아하지 않는 친구에겐 약간 미안한 말이지만 近來에 드물게 듣는 至言이다. 내 惡人이로되 꽃을 사랑하며 同時에 매우 술을 싫어하지 아니하매 大成할 惡人의 資質은 갖추지 못한 모양이다.

서로 뜻이 맞는 친구끼리 만나 政治나 利權이나 黨派의 이야기가 아니요 花草나 論하며 마당에 물 뿌리고 마루 위에 앉아 풋마늘 고추장에 약주나 나눌 수 있다면 이 얼마나 그지없는 淸福이리오 싶다.

—四二八五·七·六—

시와산문—호남 11인집, 항도출판사, 1953.

夏粧

不惑이 다 된 명색 一家의 家長인 사내 大丈夫가 대리미질 하는 빨래를 잡는 것 같이 괴죄죄하고 싫은 일은 없을 것이다. 그러나 옷은 입어야 하고 계집애 없는 설음에 어찌 大丈夫의 体面만 생각할 것인가. 不得已 진땀을 흘리는 이 苦役을 거들어 주지 않을 수 없다. 電氣나 제대로 오는 平和時같으면 文明의 利器로 간편히 처리할 수도 있겠지만 한 달 가야 電氣라고는 몇 번 구경도 못하는 요즘엔 불가불 父祖傳來의 原始的 方法 그대로 헤벌떡한 在來式 대리미에다 장작 끈 깜부래기 숯을 피워 아내와 마주 앉아 小學生처럼 코ㅡ취를 받아 가며 더운 땀, 식은 땀을 흘릴 수밖에 없다.

무엇보다 손을 델까봐 조바심이다. 그러나 아내는 나의 이런 不安에는 아랑곳없이 달은 대리미를 인정사정없이 빨래 잡은 내 손뿌리까지 쓱쓱 함부로 밀어댄다. 잡았던 손을 갑작스리 놓자니 잔득 힘준 대리미가 궁뎅이방아를 찧어 필시 옷에 불구멍이 날 것이요. 그대로 견디자니 식은 땀이 아니 날 수 없다. 넙죽이 벌어진 대미리전에 가리어 가끔 손가남을 그릇치는지 곧잘 생살을 지지기가 일수다. 그러면 가까스로 참고 있던 심술과 분통이 터져 나는 좋은 구실이나 얻은 듯이 발칵 성을 내어 고함을 지르는 것이나 이런 나의 질겁과 悲痛을 아내는 선선한 낯으로 「아따 퍽은……」 하면서 도시 문제도 삼지 않는다. 나는 관념하고 다시 빨래 끝을 잡지 않을 수 없다.

다음으로 질색할 노릇은 마치 어린애나 다루듯이 여기 잡아라 저기 잡아라 하고 일일이 지적하여 복종을 요구하는 까다로운 註文이 무척 귀찮기도 하거니와 學校에서는 그래도 제법 先生님 말을 듣고 거리에서는 누구보다 절을 많이 받는 처지에 여간 自尊心이 깎이지 않는다. 그러나 창피는 어찌 그뿐이랴 숯불이 사위면 밖에 나가 대리미를 까불며 부채질을 하여 불티를 날려야한다. 校舍 이층에서 일찍 온 학생들이 내려다보고 있을지도 모르는 그런 우리집 窓 밖에 얼굴을 내밀고 대리미에 부채질 하기란 진실로 体面에 관한 件이다. 학생은 무관하다 치더라도 판자울 너머로 이웃집 새댁과 視線이 마주치면 내가 무안해서 얼굴을 들어밀기 전에 저편에서 먼저 고개를 숙여 버린다.

그러나 이런 일 못지않게 괴로운 것이 숯불 냄새다 유난히 嗅覺에 敏感한 나는 이놈만 맡으면 못 배기는 것이다. 아침 마수부터 어찔어찔 현기증이 나는 골치를 참으며 학교에 나가니 終日 기분이 좋을 이 없다. 時間은 촉박하고 어린애는 보채고 빨래는 태산 같고 불티는 흩어져 새로 빤 洋服에 점을 찍고 숯불 화기에 땀은 흐르고…… 이 무슨 전생의 죄인가 싶다. 따라서 신경질이 아니 날 수 없고 그러면 자연 아내와 타시락거리게 되고 아내는 아내대로 또 푸념을 羅列하여 당신은 가만히 잡기나 하지 나는 무거운 대리미를 나르니까 팔이 빠지고 어깨가 어쩌고 하면서 내가 얼마나 편하고 自己가 얼마나 고통이 큰가를 力說하는 것이다.

그러다가 좀 기분이 눅어지면 아내는 매우 나를 생각하는 듯한 語調로 당신도 여름 양복 한 벌쯤은 털것으로 장만해요. 시장에 가면 많이 있던데…… 하며 오늘이라도 곧 가서 사야 할 것만 같이 서둔다. 장날 길 가에서 걸어 놓고 파는 古物商의 신세를 지라는 것이다. 그러나 이렇게 되면 나는 간단히 즐거워할 수가 없다. 言語의 意味의 意味를 추궁해야 되고 따라서 머리속에 먼저 저울과 試藥을 준비해야 되기 때문에 言語生活은 자못 複雜해진다.

아뭏든 이렇게 해서 겨우 양복을 얻어 입고 그야말로 면도날 같이 서슬이 선 줄을 세워 내딴에는 잔뜩 뽐내고 행여나 꾸겨질세 걸음도 조심조심 무릎을 굽히지 않고 軍隊式으로 빳빳이 걸어 거리로 나가보는 것이나 고생한 보람 없이 야속하게도 길 가는 누구 하나 나의 이 말쑥한 채림에 외약 눈 한번 깜짝해 주지 않는다. 골이 올라 쇼윈도에 어른거리는 내 행색을 슬금슬금 살피는 것이나 自負心은 어디로 풀 갓 대린 빳빳한 바지는 洋紙처럼 촌스럽게 버스럭거리고 면도날은 어느새 이지러져서 두 무릎은 흡사 요강을 씨운 듯 둥글게 나와 허리 굽으러진 두 늙은이처럼 바지가랭이는 제멋대로 非律動的인 運動을 하고 있는 것이다.

허기야 수박색 마카오 高級 양복에 高級 칠피 색동구두를 신고 다리 넓적한 高級 色眼鏡에 高級 넥타이를 잡아 매고 高級 모자를 멋지게 쓰고 끔을 씹으며 정신이 아찔해지는高級 香水내를 풍기며 알맞은 紳士的 高級 步調로 萬人을 惱殺할 듯이 거리를 闊步하시는 高級紳士 高級 淑女 사이에 끼어 백날 분필 가루나 마시는 가난한 접장님이 三年째 입는 낡아빠진 大麻地 양복쯤 대려 입고 나와서 어찌 감히 지체분수 모르고 남의 一顧를 바랄 것인가 하고 스스로 외람됨을 꾸짖고 죄 지은 사람처럼 조심스레 발을 옮기는 것이다.

이럴 때 朴洽이 못지않게 초라한 몰골을 한 詩人 金顯承이나 險口家 張龍健을 거리에서 만나는 것 같이 고마운 일은 없다. 세 초라한 人間들이 모여 초라함으로 하여 友情을 느끼고 거꾸로 貧寒을 자랑하는 것이다.

시와산문—호남 11인집, 1953.

봄의 꽃들

–씨네라리아 花會를 보고

봄의 꽃치고는 요염하고 싱싱한 맛이 씨네라리아에 넘는 者가없다. 씨네라리아는 누구나 사랑할 수 있는 大衆的인 봄의 꽃이다. 그 豊富하고 鮮麗한 色彩와 싱싱한 이파리만으로도 우리의 눈을 놀래게 하기에 充分하지만 더욱 욕심을 부리자면 그윽한 향기마저 있었더라면 얼마나 光彩가 陸離할 것인가 싶다.

요번에 湖南園藝高等學校에서 정성들여 가꾼 二百餘분의 황홀 찬란한 씨네라리아를 展示하여 깔깔하고 싸늘한 世人들의 마음에 清新한 美感과 마음의 위안을 주고 있는 것은 참으로 대견한 일이라 아니할 수 없다. 한 포기 꽃이 우리의 마음을 얼마나 부드럽게 하며 우리에게 느긋한 삶의 기쁨을 느끼게 하는가. 이것이야말로 營養學으로 따질 수 없는 마음의 營養素인 것이다.

林校長과 나와는 꽃으로 맺어진 정분이다. 그 온厚 多感하고 고분고분한 人品은 들에 숨은 君子의 風度가 있고 世俗의 妥協하고 現實에 追從迎合할 줄 모르는 말하자면 얼마쯤 괴팍한 性格에는 高孤 견介한 高士의 氣品이 있어 흡사 幽谷에 핀 蘭草의 느낌이다.

지난여름 내가 林校長을 찾았을 때 氏는 그 육중한 몸집으로 近視眼을 찌프리고 겨우 떡잎이 피어난 씨네라리아를 무슨 齒科기구같은 것으로 第一回 移植을 하기에 바뻤다. 여간 공력이드는 고분고분한 일이다. 精密手術과 같은 이런 자 차분한 일을 肥大漢인 氏가 이마에 땀을 흘리며 몰골하고 있는 양은 매우 對차的이어서 자칫 失笑를 금할 수가 없었던 것이다. 그때 그 묘종이 긴 三冬을 溫室속에서 겪고 이제 그 보람이 있어 난만한 開花를 보게 된 것이다. 再昨年에 내가 日本서 씨네라리아 種子를 輸入하여 溫室도 없는 내 집에서 煉炭을 피워가며 길렀을 때 林校長이 사람을 보내어 몇 포기 묘종을 나누어 가신 일이 있다. 昨年에 나는 겨를이 없어 씨를 뿌리지 못하고 말았는데 林校長은 自家採種을 하여 오늘의 盛況을 이룬 것을 보니 불현듯 꽃 기르는 욕심과 기쁨이 솟구쳐 오름을 금할 수 없다. 平生에 널직한 溫室을 하나가지고 마음껏 꽃 길러 보기가 소원인 나에게 四十 余坪의 溫室을 마음대로 主莘할 수 있는 林校長이 무척 부럽다. 우리집에서는 겨울 들어 「푸리므라 · 리안사스」가 十一월부터 계속하여 四개월동안이나 그 발간꽃을 數十송이 피우고 있으며 달큼한 향기까지 풍기는 것이다. 「푸리므라 · 큐엔시스」는 노랑꽃인데 이것도 香氣가 있다. 요즈음엔 「아이스프랜트」가 移植도 못한 채 「프릿트」 안에서 눈부신 洋紅과 오렌지 빛의 두색으로 피고 있다. 多肉性인 잎파리에 흡사 빙사糖 가루같은 微粒을 붙이고 여간 아름답지 않다. 「카랑코에」도 긴목에 많은 꽃봉우리를 맺어 얼마 후면 정렬적인 비赤色꽃이 필 것이다. 「베고니아 센파프로렌스」는 겨울동안에 얼마쯤 衰弱했으나 그래도 발간꽃을 몇 개씩 겨우내 끊지지 않고 있다.

「시크라멘」 묘종이 이제 本葉 五, 六枚쯤 컸으니 올겨울에나 첫 꽃이 맺어 보련지 「쿠로키시니아」 「아마리리스」 「베고니아」 등의 球根이며 着根한 「카—네—숀」들을 심어야하겠고 美國 등지에서 들어온 뿌려야 할 여러 가지 꽃씨들이 집도 없고 땅도 없는 가난한 내 마음을 초燥하게 한다.

꽃을 즐기는 이 또한 꽃으로 하여 괴로운 것이다.

林校長은 내게 몇 분의 꽃을 선사하리라 한다. 고마운 일이다. 그러나 꽃 기르는 사람에게 자기가 가꾸지 않은 꽃은 어쩐지 자기가 낳지 않은 養아들처럼 서글픈 것이다.

전남일보, 1955. 3. 27.

現代 詩의 修正

-主로 難解性과 大衆性에 대하여

現代文學에 있어서 詩의 分野는 散文에게 그 領土를 蠹蝕당하여 차츰 골목길로 몰리고 있다. 이러한 大勢임에도 不拘하고 詩는 詩대로 偏向奇교한 길을 걸어 차츰 大衆性 喪失하고 매울 수 없는 距離에서 大衆과 絶緣하려는 그릇된 길을 逸走하고 있다. 詩가 大衆을 버린 것보다 大衆이 詩를 버린 지 이미 오래다. 그럼에도 不拘하고 이 땅에는 詩人이 讀者보다 많다는 입살이 서도록 有象無象의 詩人群이 배출하고 홍성홍성 詩集들이 나오고 一見 詩文學의 隆盛을 反證하는 것 같은 豊盛한 外觀을 빚어내고 있는 것은 元來 詩라는 쟈ㅇ르가 形式이 짧고 따라서 比較的 習作의 붓을 들기 쉬우며 또 發表하는 機會도 다른 文學藝術에 比하여 첫째 面積이 적어서 便利하다는 点과 「詩人」이란 名稱에 대한 小兒病的迷信으로 靑少年期에는 누구나 紅疫처럼 한번은 이 病에 걸려보는 탓일 따름이요 決코 詩文學이 廣汎한 大衆속에 浸透하여 그 理解와 支持아래 大衆과 더불어 成長하고 있는 까닭은 아닌 것이다.

相當히 文學的 敎養이 있는 사람들도 흔히 어떤 部類의 現代繪畵와 더불어 現代詩는 理解할 수 없다고 悲명 섞인 告白을 한다. 現代詩의 一船讀

者들이 沈黙하고 있는 表情은 理解 못 하는 것에 대한 自己体面때문이요 理解에서 오는 것은 아니다.

現代詩의 讀者의 한사람으로 볼 때나 自身極度로 低級한 讀者는 아니리라고 自負한다. 詩를 쓴답시고 그 길에 얼추 10年 가까운 歲月을 보내고 있다. 그러나 솔직히 告白하면 나 自身 現代詩에 대하여 理解를 抛棄하는 것들이 얼마나 많은지 모른다. 散文이면 아무리 難解하더라도 무엇을 쓰려고 하는지 테두리쯤은 짐작할 것이다. 그러나 요즘 詩의 어느 것들은 理解를 못할 정도가 아니라 도대체 무엇을 쓰려고 하는 것인지 그 테두리조차 짐작 못 할 것들이 적지 않다.

그러면 이런 詩를 누가 理解하고 消化하고 또 消費할 것인가 같은 크륲의 詩人群끼리도 서로 理解하지 못하고 編輯同人들 끼리도 막연히 무엇이 있을 것 같다는 정도理解를 벗어나지 못하고 아니 作者 自身도 充分하게 把握하지 못한 채 讀者에게 適當한 判斷을 밀우고 내미는 이런 無責任한 獨善的인 詩란 도대체 무엇인가?

이리하여 現代詩는 大衆과의 매울 수 없는 運命的인 距離를 두고 極히 少數의 一部 同質的인 詩人이나 或은 作者自身만이 理解하는 좁은 골목으로 自滅의 길을 疾走하고 있는 것이다.

自稱詩의 選民을 自處하는 이 詩人群들이야 말로 理解하는 讀者의 數를 度外視하고 大衆을 無緣한 俗衆視하는 自己陶醉와 좁은 個人的 趣味와 自慰的인 奇교한 技巧속에서 오히려 詩를 絞殺하고 있는 것이다. 그러면서도 時代와 民衆을 呼吸하는 詩라고 나팔을 부는 것이다.

勿論 現代詩가 詩史的 思潮로 보아 難解의 길로 發展하지 않을 수 없었다는 것은 理解할 수 있다.

原子彈 水素彈이 地球를 威脅하고 있는 오늘의 極度로 發達한 科學文明 機械文明都市生活이 빚어내는 複雜한 現代生活과 感性과 思想을 노래하기에는 지난날의 江湖風月이나 영嘆的 感傷이나 골샌님式의 禪味만을 다루던 形式이나 內容이나 用語로서는 不可能한 일이다. 現代詩가 主題

의 變化에 따라 낡은 衣裳을 버리고 生理에 알맞는 새로운 衣裳으로 갈아 입는 것은 지극히 當然한 일이다.

그리하여 現代詩에는 哲學과 科學의 新用語가 氾濫하고 아카데미ㅋ한 學文性 博學性이 動力的 作用을 하며 거기에 심보리즘의 遺産인 隱蔽癖과 暗유와 不明性과 슈트리얼리즘의 自動記寫法的인 影響을 받은 無謀에 가까운 胃險的 表出法과 精神分석學的인 潛在意識과 꿈의 理論을 다루는 프로이디얀이즘의 殘流的인 영향들이 未盡한가 하면 詩를 知性에게 隸屬시키려고하는 主知主義的인 運動들이 雜然混沌하여 所謂모던이즘 乃至 모던이즘 的인 奇교 難澁의 放射雲的 雰圍氣를 이루고 있는 것이다. 用語의 精選이 아니라 奇교한 語휘를 涉獵 蒐集하여 好奇的인 强接法을 强行함으로써 마치 무슨 수수께끼나 暗號의 配列같은 詩를 輩出시키고 있는 것이다. 이러한 奇怪한 作詩態度와 氾람하는 逆설과 不明性으로 말미암아 極度로 기형化된 形式性과 自己陶醉的인 偏向的 內容性 속에서 現代詩는 難澁一路의 막다른 골목으로 遁走하고 있는 것이다. 그러한 結果로 理解할 수 없는 点이 훌륭한 詩라는 웃지 못할 逆설과 詩를 理解하는 것이 詩를 製作하는 것보다 어렵다는 차嘆이 나오게 된 것이다. 특히 젊은 詩人들이 멋모르고 이런 難澁한 詩를 새가지고 得意然하는 것은 그實은 生活体驗의 貧困과 內容的 詩精神의 薄弱을 감프라지 하기 위한 外飾的 欺瞞인 경우가 많은 것이다.

現代詩를 이런 墓穴的인 길에서 救出해야 된다. 文學의 大衆화 問題는 이미 論議된지 오래된 論題이지만 詩의 올바른 길을 위하여 詩의 大衆화가 새로운 課題로서 論議되어야 하겠다. 大衆의 理論을 無視하는 獨善的이며 外飾的인 偏狹한 難澁性이 詩를 利롭게 하는 무슨 營養이 있는가. 무릇 自体의 理解를 度外視하는 藝術의 製作이란 무슨 뜻있는 것인가.

詩와 大衆과의 遊離는 不可避한 宿命이며 詩는 一部少數의 選民들의 專有物이라는 생각에는 나는 同意할 수 없다. 百萬人에게 通하는 詩의 길로 現代詩의 方法은 修訂되고 反省되어야 할 것이다.

率直 簡결 直절平易 素朴 感動 共感性을 動力으로 하는 現代詩의 再出發이야말로 오늘의 詩의 새로운 課業이 아닐 수 없다.

新奇한 것은 새로운 듯하나 곧 낡아지고 永續치 못하며 永續하는 것은 오히려 平凡한 眞理속에 있는 것이다.

이렇게 말하면 世上思潮를 모르는 現代錯誤的인 級進性이라고 冷笑할지 모르나 現代詩를 救하는 가장 重要한 키-포인트는 여기 있다고 나는 생각하는 바이다.

1955.12.26

호남신문, 1956. 1. 1.

不死鳥

-나病少年들의 詩!

오래동안 小鹿島 國立更生園에서 奉仕하던 申汀植님이 이번에『不死鳥』한 권을 보내왔다. 更生園의 患者끼리 하고 있는 鹿山中學校의 校誌인 것이다.

活版으로 印刷한 것도 아니요 騰寫印刷인데다가 紙面을 節約하기 위하여 몹시 密書한 위에 印刷조차 鮮明치 못한 신산한 것이었지만 運命과 싸우는 不自由한 環境속에서도 不屈의 鬪魂으로 무엇을 探求하고 表現해 보려고 하는 意慾的인 精神과 조촐한 정성이 그 꾸밈새 속에 看取되어나는 敬건한 마음으로 家族이 잠든 틈을 타서 몇 밤 읽어 보았다. 여기에 鹿山中學校의 모습과 癩少年들의 詩의 片린을 紹介하여 世人의 關心과 援護를 喚起하고자 한다.

『不死鳥』誌는 이처럼 남루한 体재었으나, 그러나 여기까지 토파오는데도 外部社會에서는 想像하기 어려운 許多한 難關이 있었던 것이니 校長 宋斗相氏는 卷頭言에서 其間의 苦衷을 이렇게 披瀝하고 있다.

"昨年 送年號부터 劃期的인 發展으로 등사로서 不死鳥를 發行하게 되었다. 健康社會에서 이런 말을 들을 적에는 정말 비소꺼리가 아닐 수 없는 것이다마는 병을 앓고 療養所 生活을 하는 우리들에게는 적지 않은 惡條件을 克服하지 않고는 이루어질 수 없는 일이기 때문에 眞情은 成功이요 祝賀아닐 수 없는 일이었다" 등사판으로 印刷하게 된 것을 劃期的이요 發展이라고 感激하는 宋校長의 말에 우리는 고개를 들 수가 없다.

그런 에는 肉필로 같은 原稿를 五 · 六部씩 써가지고 園內機關에 回覽하였다 한다.

그러한 鹿山學校의 實情은 또 어떠한 것인가. 그 片貌을 살피기 위하여 同校 三學年生 某君의 手記을 빌리기로 한다.

"更生園 社會 中小學校 五百여 名의 학생인 우리들은 授業料를 낼 수 없는 사정이며 國家에서도 園의 敎育費까지에는 豫算이 없으니 園運營費 애서 조금 뜯어서 학교의 교육비로 사용하게 되니 六千 患友의 衣食주를 해결하기도 어려운데 이러한 학교기관에도 손을 뻗히지 않을 수 없는 園當局 職員先生님들의 고心도 환히 잘 아는 사정이며 직접 敎科書 등이 없이 공부하는 우리들의 심경도 안타까운 것이다"

그러나 그들은 이만한 정도로도 滿足하고 있는 것이다. 學校가 設立되기 전에는 場所가 없고 책이 없고 先生이 없어 한 두 분의 先生을 모시고 곡간으로 호내방으로 몰려다니며 목마르게 배우려고 애썼다고 한다.

敎科書도 없는 형편이니 학용품인들 如意할 것인가. 이런 어려운 環境 속에서 肉筆原고를 모아 回覽해 오던 校誌를 어렵사리 園當局에 交涉하여 얼마의 종이와 몇 장의 原紙를 얻어 등사로 내게 된 모양이니 文字 그대로 "劃期的인 發展"이며 그 心境이야말로 눈물겨운 것이다.

作品들은 病意識을 떠난 一船的인 것도 있지마는 大部分은 不遇한 環境에서 오는 哀傷的인 것이 많고 개중에는 그 境地를 벗어나 한층 高度한 精神世界를 모색하는 姿勢를 보이는 것도 있다. 作品의 技巧나 水準問題는 次置하고 運命에 시달리는 어린 少年들의 피로운 몸부림과 안타까운 탄식과 소리 없는 흐느낌을 들을 때 가슴 저리는 바가 있다. 다음에 貧弱한 資料이지마는 '不死鳥'(三號一卷)에 실린 詩 몇 편을 소개하여 그들의 詩世界를 엿보려 한다.

서쪽하늘 가에
연붉은 노을 짓고
아득한 하늘 가로
햇님은 사라진다

찰삭이는 파도에
황혼이 밀려들고
싸늘한 내 마음에
외로움만 흐른다

외로움의 들역엔
추억이 나비가 되어
끝없는 황 야를
지향없이 나른다

황혼이 짙어 가면
별들만 깜박이고
부드러운 손길로
안아 주던
어머니가 더욱 그립다

「황혼」(二年 송선대)

저녁 노을 속에 서서 넉ㅅ없이 먼 水平線을 바라보며 어머니를 그리워

하는 孤島의 病든 少年의 눈물어린 얼굴을 상상할 수 있다.

부엉이 우는 밤이 무서웠다
부엉이 우는 밤이 슬펐다
부엉이 우는 밤이 싫었다
언덕길 돌고 돌아
논두렁길을 맴돌면
전설을 지닌 말고개에서
어머님을 뿌리고
형제와 등져 걸며
뿌리던 눈물이 마를 때
거미줄 같은 삶을 등에 지고
별과 구름과 더불어 흘렀다
발이 무거웠다
발이 아팟다
발이 우둔했다
(下略)

「부엉이 우는 밤」(三年 정판석)

고개길에서 어머님을 뿌리고 형제와 등져 걸며 永遠히 肉親과 故鄕에 이별하는 少年의 애처러운 발걸음 보내는 어머니의 미여지는 가슴! 부엉이만 애끊게 반주하고

물결이 넘나든다
海邊을 걷다가
무심히 뒤를 돌아 보았다
버리고 온 내발자욱을

물결이 말끔히 씻어 버렸다
물결도 마음이 있어 나를 아나 싶어
걷던 발길을 멈추어
다시 뒤를 돌아보았다
역시나 내 발자욱을 물결이
남김없이 씻어버렸다
물결도 나를 아는가 싶어
나는 해변을 나와 버렷다

「病든 疑心」(三年 H.B.H)

앓는 少年을 무시로 쫒아다니는 그림자같은 不安! 미싱 바늘처럼 뾰족해진 신경!

다— 가버린
시컴한 이 길을
뼈만 남은 앙상한 다리로
휘청
휘청
무서운 암흑으로
행진합니다
별들이 머리에 반짝이고
소나무 솔솔바람이 부는 숲길
옛날의 무한한 마음을 압축시켜
터질 듯 한 가음을 안고
너…
숲을 향한 문둥이어(하략)

「밤길」(雲影生)

뼈만 남은 앙상한 다리로 모두 모두 다가버린 어두운 밤길을 자기도 휘청 휘청 더터간다는 것이다. 주검이 기다리는 숲을 향하여—

문둥이끼리 모여
산다
슬픔을 마시고 산다
지나간 날을 생각지 않기로 한다
구름이 지는 하늘가
가는 목소리 들리는 곳으로 나의귀는 기웃거리고
얇은 피부는 햇빛이 쏟아지는 곳에 조소하다
항상 보이지 않는
곳이 있기에 나는
살고 싶다
살아서 가까이 가는곳에 슬픔이 진다
아—나의 육체는
슬픔에 이미 젖어지고
육체 가까이 또 하나 나는 슬픔을 마시고 산다
문둥이끼리 모여
산다
슬픔을 마시고 산다
보이지 않는 곳이 있기에 슬픔을 마시고 산다

「슬픔을 마시고 산다」(二年 韓普洙)

살아서 가까이 가는 곳에는 항시 노을처럼 슬픔이 지는 現實 속에서 肉体 가까이 있는 또 하나 나는 지난날을 생각지 않기로 하고 오직 보이지 않는 어느 곳이 있기에 그것을 믿기에 그것을 바라고 슬픔을 마시며 견디어 살아간다는 것이다.

(前略)
惡人과 善人
곱던 여인과 추한 남자
천진한 소년 소녀
무식한 백발노인들
이제는 모두 다
잊어버린 그날
한 줌의 재로 화하여
겹겹이 쌓인 유골들……
아직 철없는
국민학교 어린 학생들의
고사리 같은 손목에 안겨
길이 머므ㄹ을 곳만년당에 옮겨진다

「나루ㅅ길」(一年 이영배)

모두 모두 저 火葬터에서 한줌 재 되어 아직 철없는 國民學校 어린 학생들의 고사리 같은 손에 안겨 永遠의 休息處 이제는 다시 悲哀도 고通도 따라오지 못하는 길이 머물을 納骨堂으로 옮겨지는 것이다. 이제 少年은 남의 일같이 싸늘한 눈초리로 感傷을 안으로 處現할 수 있게끔 冷徹해진 것이다.

어두움속에 그누구의 아름다운 모양과
그 고운빛갈에
내 눈이 황홀하리요

그대의 불길에 이몸이 안기고 싶어도
이어둠속에 그대의
노래하는 곳에 가고싶어도
그 누구의 아름다운 빛갈과
어여쁜 형상을 그려 내리요
저 멀리 하늘 밑
등불처럼 화안하니 밤에 비치는
그 어느 세상에찾아가는
밤길이어!

「밤길에서」(二年 RNG)

少年은 어두운 밤길을 가고 있다. 그러나 少年은 저 멀리 하늘밑 등불처럼 환히 비치는 그 어느 세상을 바라보다 헛된 발걸음이 아니요 한걸음 한걸음 빛의 世界로 蓄積되는 발걸음인 것이다.

내 마음은 湖水…
세월은 살작이 흐르고
세상은 싸움터인
양 요란해도
쪽빛 고운 하늘을 벗 삼는
호수 밑 무거운
비밀을 지니련다

내 마음은 초ㅅ불…
창밖에 별빛 가물거려
무서리 보리밭 이랑마다 맺히는 밤에
지우지 못할 발있욱 애태우다 못해

들창 밑 초ㅅ대위에 이몸 녹여버리련다

「내 마음」(三年 김용호)

세상에서 쪽빛 하늘을 벗 삼는 호수 밑 비밀을 마음에 지니고 지우지 못할 발자욱에 애태우다가 기다림에 지쳐 이 몸을 초ㅅ불처럼 녹여 버리겠다는 것이다.

이 밖에도 「저무는 少年」 「비둘기만 운다」 其他 몇몇 作品이 있으나 紙面관계로 그만 두고 끝으로 學生은 아닌 듯싶은 분의 作品을 하나 紹介한다.

새까만 台紙에
少女는 잠겨있었읍니다
달빛 같은 손을턱밑에 고인
그것은
숨 진 아름다움이었읍니다
어쩌면

「壁書」(영선계장桃原生)

전남일보, 1956. 2. 1.

섞임없는 맑은 피

-李海東編 『꽃심는 마음』을 薦함

湖南詩壇의 古參者이며 오래동안 이 고장 兒童文學의 育成에 盡力하여 오던 詩人 李海東氏가 이번에 精誠을 다하여 金南兒童文藝作品집 『꽃심는 마음』을 아담한 장정으로 出版하였다. 編者도 말하고 있는 바와 같이 解放後 十年동안의 우리 어린이들의 많은 作品속에서 다시 고르고 또 골라 그동안 여러 新聞 會 出版社 學校 등에서 현상 모집하여 當選된 作品中에서 가장 뛰어난 作品만을 모아 꾸며낸 것이니 우리 兒童文예의 金字탑인 것이다.

童요 童詩部 作文部 童話部 少年小說부의 네部로 나누어 우리의 心琴을 울리는 球玉같은 三十 五篇의 作品을 수록하고 부록으로 요령 있고 실제적인 「동시짓는법」「글짓는법」의 두 편을 실어 마치 좋은 음식을 맛보인 後에 그 料理法까지 敎授하듯이 간곡을 다하였으니 編者의 親切도 이만하면 무던하다고 하겠다. 글쓰기를 공부하는 학생은 물론 그들을 지도하는 교사와 학부형 또는 一般文藝 愛好者에게 絶好의 參考와 指針이 되는 近來에 드문 好著이다.

생각건대 日帝의 모진 毒서리 속에서 우리말과 글을 깡그리 뺏기어 얼결에 나오는 우리말 한 마디에도 혹독한 벌을 받았으며 우리 글자의 모습조차 모르고 편지 한 장 우리글로 쓸 줄 모르던 우리 어린 겨레들이 光復以後 十年 間에 이렇게 아름답고 향기 높은 우리 文藝作品을 보여주게 된 그간의 피나는 努力과 發展이야말로 눈물 없이는 대할 수 없는 크나큰 感激이며 기쁨이 아닐 수 없다. 더구나 아무 꾸밈도 없고 外來思조의 영향도 받지 않은 純수하고 소박한 어린이들의 文藝作品이야말로 그대로 섞임 없는 우리의 얼이며 呼흡이며 향취인 것이니 진실로 섞임 없는 겨레의 맑은 피라 하겠다. 나는 이 책을 기쁨과 감격으로 많은 어린이와 그들을 지도하는 여러 先生과 學父兄과 또 文藝를 愛好하는 一般人事와 우리나라 兒童問題에 關心을 갖는 江湖諸賢에게 一讀 권하여 마지않는다. 요즘 巷間에서 學園을 謀利 대상으로 하는 各種書籍과 作品의 强賣가 盛行되어 참으로 눈살을 찌프리지 않을 수 없는 現狀이지마는 이런 책이야말로 安心하고 學生들에게 권하고 싶은 良書의 하나인 것을 감히 추천하여 마지않으며 아울러 編者 李海東氏의 그間의 努力과 성실에 對하여 찰영하여 마지않는 바이다.

전남일보, 1956. 2. 12.

『강강술레』 소감

-李東柱의 詩에대하여…

李東柱氏의 第二 詞華集 『강강술레』가 出版되었다. 사치하기 마련인 요즘 眼目도 누구만 못지않은 氏가 수수한 무명옷으로 世上에 내놓게 된 苦衷은 모르는 바 아니다.

六·二五 以後 緊迫한 情勢 속에서 총총히 第一 詩集 『婚夜』를 역어 이곳에서 出版하였던 氏가 이제 다시 第二集을 역시 같은 地方에서 차근히 호사해볼 경황도 없이 世上에 묻게 된 남모를 哀情은 짐작하고도 남음이 있다.

이번 集에는 代表作 「婚夜」 「새댁」을 비롯하여 近作에 이르는 十五篇의 詩와 「詩門에의 歸依」 등 물신 体臭가 풍기는 散文 十五篇을 골라 수錄하였다.

著者는 그가 항상 입버릇처럼 뇌이는 李참판의 後예的인 雰圍氣 속에서 情서하고 있는 全羅道 내기의 代表的인 詩人이다. 저녁노을 같은, 열ㅂ온 봄 안개 같은 흐릿한 遺古的情서 世界에서 그는 詩를 하고 生活을 하고 文學을 하고 있는 것이다. 그에게는 그런 体臭와 그런 風俗的 분위기에서 스며 배인 '멋'과 풍류와 義理人情과 處世態度가 生活에나 藝術에나 깊이 스며있는 것이다. 「새댁」(이것을 나는 그의 代表作이라고 본다) 「婚夜」 「燈잔밑」 같은 一聯의 詩나 「詩門에의 歸依」 「편지」 같은 散文에서 우리는 濃艶한 과실 같은 그의 体臭와 世界를 느끼는 것이다. 이런 世界는 그의 獨特한 世界이며 東柱시의 本領이 여기 있다고 본다.

그러나 이런 노을이나 안개 속에 長久히 잠겨, 그것을 反추하고 거기서만 呼흡하고 있을 수는 없는 일이다. 「새댁」 「婚夜」 以後 그가 어떠한 方向으로 自己의 詩世界를 이끌어 나가며 새로운 境地를 開拓해나갈 것인가 하는 데에 대한 關心과 흥미는 이미 오랜 일이며 또 거기에 대한 答은 그의 作品 活動을 通해서 이미 어느 程度보이고 있는 것이다. 「강강술래」 「大佛」 「祈雨祭」 등은 그 間의 消息을 말해 주는 詩편들이다.

우럴어 겪어온 저 푸른 天空은
연잎 하나로 받드신 당신의 하늘보다 비좁나니
阿修羅의 불먹은 合怨이
봄 눈으로 삭나이다

(大佛의 一節)

이제 말끔히 머리를 빗고 사나운 발톱을 밀어
저마다 제 자리에 들어 허물을 벗사오니
神明은 어여 노염을 거두시압
진즉 형제의 매마른 피ㅅ줄에는
눈물과 애정이 도도히 흐르고
초록빛 그늘에 다시앉아
흐린 窓門을 닦에 하옵소서

(祈雨祭의 一節)

이것은 作者의 精神的 深化 過程을 보이는 것이다. 그런다고 해서 나는 그가 저 鄕歌의 作者들처럼 汎神的인 精神世界에서 살고 있다거나 或은 東洋的인 宗敎的 哲學的 雰圍氣속에서 살고 있다거나 하는 것은 믿지 않는다. 그는 어디까지나 情서詩人이며 風俗詩人이다. 그러나 이 作者가 차츰 토파나가야 할 精神世界―매꾸어 나가야할 靈魂의 空白을 무엇으로 채워 갈 것인가 하는데 對한 宿題는 아직 여전히 宿題 그대로 우리에게 남는 것이다.

그가 濟州道에서 읊은 「海女」 「西歸浦」 등 特異한 詩편들은 그의 風俗的 서情詩人으로서의 力量을 보여주는 佳편 들이지만 우리에게는 그 다음에 오는 것 무척 궁금한 것이다.

섬세한 感覺과 물 흐르는 情서와 멋과 洗練된 技巧에 있어서 이 詩人은 이미 完熟의 境地에 達하고 있다. 그가 이런 洗鍊된 技巧와 手法을 구使하여 앞으로 무엇을 노래해 가느냐는 그의 人生의 發展과 圓熟에 거는 말이 될 것이다.

그러나 사람의 本質은 바꿀 수 없는 것이어서 東杜詩는 역시 茶반的인 人生情서와 멋과 技巧로 完벽을 이루는 테두리에서 飛躍하지 못할는지도 모른다. 그러나 그것은 역시 年令과 生活의 深化와 人生追求의 加熱에 따라 반드시 變化를 가져오고야 말 問題이기도 하는 것이니 그런 意味에서 作者의 詩世界는 無窮하고 그의 詩途는 生命이 길 것이어서 期待되는 바도 자못 큰 것이다.

氏의 散文은 멋지기로 定評이 있고 또 그런 点에서 그를 따를 사람이 드물다. 名文章이라면 다시 없이 名文이라지만, 나는 그의 文章에서 하나의 기憂를 갖는다. 그것은 너무 멋을 取하고 운치와 香氣와 含蓄에 置重하기 때문에 오히려 短命하지 않을가 하는 것이다. 尙虛의 文章이 이미 낡아 버린 것처럼.

氏는 요즘 小說에도 붓을 들어 「黃眞伊」를 連載하여 多角的인 活動과

才能을 보이고 있다. 自來로 詩와 小說을 併行하는 분이 없는바 아니지만 그리 흔하다고는 할 수 없을 것이다. 그 흔하지 않은 一人 二役의 길을 굳이 골라 걷겠다고 하는 自負와 才氣와 정力에 머리를 숙이는 바이다. 흔히 詩人이는 散文은 詩에 먹히우는 일이 많다고 한다. 東柱 散文이 과연 어떤지는 모르겠으나 그가 머지 않는 將來에 詩籍에서 離脫하는 일이 없을까 內心 의구를 갖게 하는 点도 없지 않다. 한낱 筆者의 기우이기를 바라며 氏가 앞으로 小說과 詩를 잘 콤비시켜 길이길이 壽하기를 바라 마지 않는다.

이 詩人에 대한 讚辭는 이미 다른 분들이 說盡했을 것이기에 새삼스런 蛇足을 삼가고 그저 느낀바 몇 마디를 적어 責에 가름한다.

전남일보, 1956. 5. 9.

現代의 淸風

–徐斗成著『時代步行』을 薦함··

徐斗成氏의 半生의 操고의 集成인 隨筆集『時代步行』을 받고 氏의 人間과 文章에 대하여 다시금 親愛의 情이 깊어짐을 느꼈다.

사람을 善人과 惡人－이렇게 大別한다면 氏는 그 善人의 典刑的인 人物일 것이다. 벌레 한 마리 죽이지 못할 듯한 氏의 善한 人間성을 나는 마치 사막의 오아시스처럼 목말라 한다. 우리는 항시 많은 사람 사이에서 生活하고 있지마는 사람 속에서 사람에 굶주리고 人間 沙汰속에서 人間이 그립고 群衆속에서 오히려 孤獨의 絶頂을 느낀다. 氏는 참으로 이러한 우리의 人間 갈기을 풀어주는 오아시스的 存在인 것이다. 車馬와 騷音과 暴力이 汎濫하는 不安의 市街地에서 포근한 잔디밭에 들어간 것 같은 安堵感을 주는 氏의 人間性이야말로 現代의 淸風이 아닐 수 없다. 아무 警戒心을 갖지 않고 接할 수 있는 人間이란 얼마나 尊重한 存在인가. 그러나 外見 順하게만 보이는 氏이지만 어디에 그런 一面이 있었던가 싶게 氏는 또한 예리한 觀察力과 날카로운 批判力과 세練된 데리카시－와 그리고 明朗한 해괴性의 所有者다. 그의 文章은 이런 氏의 內部的 世界를 온통 들어

내놓은 것으로 그 寸鐵殺人的인 풍刺性과 광일하는 윗트와 미우대나 아스파라가스를 씹는 듯한 사근사근한 感覺的인 新鮮味는 읽는 이로 하여금 現代的인 文章의 魅力과 氣맥속에 會心의 微苦笑를 禁치 못하게 하는 것이다.

우리는 이미 지난 世紀의 遺物로 化해버린 老大家들의 陳舊한 「名文章」에 실증이 나고 지쳐버렸다. 香氣나 餘음이나 운치를 억지스레 풍기려고 애쓴 文章이라든지 골샌님式의 점잔과 판에 박은 듯한 手工業式의 매끄러움이라든지 이런 것에 自家도 취하고 있는 老大家나 그 亞流들의 文章이란 이미 時代感覺을 잃은 傳物館行의 骨동品이다. 教科書 등 속에서 이런 骨동品的 文章에 食慾을 잃은 學徒들에게 나는 이 通風口를 通하여 血液의 새로운 가스 交換을 하기 바란다.

氏는 卷頭에서 文章의 道의 갈수록 어려움을 歎하고 있다. 文章의 길의 어려움을 歎한다는 것은 벌써 頂点에 반登한 一家者의 見識인 것이다.

本書에 收錄된 六十 餘편의 隨筆은 實로 氏의 文章道 半生이 토파온 하나의 重点인 同時에 氏의 体추의 集成인 것이다. 氏는 이속에서 万般 現象에 對하여 自由奔放한 快調의 筆致로 痛決하게 說破했으니 그 良識과 날카로운 풍자와 風發하는 機智에 우리는 心취하여 紙背에 맥맥히 躍動모래ㄹ의 흐름에 다시금 숙然함이 있는 것이다.

隨筆은 壯重한 交響樂이 아니라 經決한 經音樂에 屬한 것이니 本書야말로 著者가 奏하는 즐거운 文學的 輕音樂인 것이다.

「凉」的爲政 早老思想 亂奏(메 · 주) 時間大侈 扇仙戲 만적 게으름뱅이論 대머리論 분뇨論 냄새論 인색漢論 雜音論 一七二八〇〇時間 二分의 一時의 感傷 벽耳 有無의 緩衝地帶 등등… 몇 개 題目만 주워 봐도 얼마나 서늘한 經音樂인가 널리 江湖薦하여 淸風滿喫을 一勸하는 바이다.

十二月十九日

전남일보, 1957. 1. 5.

三 · 一節과 나

-結婚을 追憶하며

「三 · 一節과 나」 이것이 주어진 題目이다. 一齊의 모진 찬서리 밑에서 추위에 抗拒하는 겨울물처럼 靑春을 그늘지게 消모한 나는 三十보다 不惑에 가까운 어느 나이에 비로소 결혼을 했을 때 그날을 三月一日로 擇했던 것이다. 우리(나와 妻)의 조그만 人生出發도 이 거룩한 民族抗爭의 自由와 獨立精神을 본받아 人間의 自由와 生活의 獨立을 삶의 信條로 삼고자 한 것이다.

三 · 一節은 우리 民族의 慶祝節인 동시에 내개 있어서는 二重으로 뜻깊은 날이다. 그 무렵 나는 몹시 가난하였고 서울서 내려왔을 뿐 光州에는 아무런 生活의 基盤도 餘力도 없었다. 同료들도 낯설고 地方人으로서 아는 사람은 별로 없었다.

내가 結婚하던 해는 氣候가 몹시 따스했고 그날은 더욱 和창하였다. 나는 내가 通勤하는 光州川의 陽地바른 石築 밑에 핀 노란 배추 장다리꽃을 꺾어다 맑안 우리커프에 꽂아 피로연의 卓子를 장식했다. 아내의 同窓이며 나의 서울서의 弟子들이었던 H孃과 C孃도 꽃들을 꺾어 왔다. H孃은 그가 舍監을 하고 있던 女學校 寄宿舍 앞마당에 핀 하얀 梅花가지를 그리고 南端麗水에서 교편을 잡고 있던 C孃은 情熱的인 빨간 동백꽃을 우리는 그것을 탁子에 늘어놓고 式에서 돌아와 조그만 피로연을 마련했던 것이다. 그 무렵 나에게 많은 힘이 되어준 사람은 從弟 S였다. 그 S도 벌써 故人이 된지 오래고 H孃은 서울에 올라간 後 무슨 授賞式에 갔을 때 한 번 만났을 뿐 消息이 묘연한 지 오래다.

우리는 묘하게 結婚式을 두 번 가졌다. 한번은 光州서 다음은 아내의 고향인 慶北 K市다. R은 학교를 졸업하자 就職을 하겠다고 해서 仁川 某女學校에 자리를 마련해주었다. R의 父親은 故鄕인 K市에 와서 就職하라고 했으나 그는 싫어했다. 어쩐지 他人에게 無言의 壓力感을 주는 그의 父親을 싫어해서만은 아닌 것 같았다. 이어 내가 光州에 내려오게 되자 R도 仁川을 그만두고 고향으로 내려갔다.

R은 나와 結婚할 뜻이 서서 그의 父母에게 승낙을 구했으나 自水成家로 당시 巨富말을 듣고 廣範圍에 걸쳐 商權을 잡고 있던 그의 父親은 적어도 나 같은 책이나 읽는 가난뱅이 書生에게 自己딸을 맡길 생각은 없었던 모양이었다. 그는 몹시 딸을 자랑했고 또 크게 기대했던 것이다.

그렁저렁 歸結이 안 나고 지내는 중 나는 마지막 담판차 K시에 가게 되었다. 반드시 승락만 얻자는 것은 아니었다. 그 都市에서는 一流라는 K호텔에 들었다 거기서 R과 그 母親을 기다린 것이다. 그때 마침 공교롭게 詩人 鄭지용씨가 옆방에 投宿하고 있었다. 之용先生은 서울서 가까이 지냈고 내가 있던 S女大에 강師로 모시어 같이 지내오던 사이었다. 서로 奇遇을 반기며 그런 사정이라면 내가 說服시키겠다고 장담하고 나섰다. 그러나 그 結果는 오히려 逆效果를 낸듯 신통치 않은 것이었다. 之용先生은 소탈해서 의복에는 무관심한 분으로 그때도 軍隊毛布로 만든 國防色外투를 着用하고 계셨고(확실히 그렇게 기억된다) 수염도 안 깍으신 데다가 얼굴은 가므잡잡하고 키는 둘이다 짝달막해서 偉丁堂堂한 風채를 가진 R의 父

親만 보던 眼目에 첫째 印象부터 失望한데다가 所謂 大學敎授라는 사람들이 둘 다 行色이 초라하고 言行에 學者다운 점잖과 重厚함이 없고 之용先生 一流의 輕快한 語調와 유모어로 몰아치듯 잡들이 하는 서술에 고지식한 舊式婦人인 R의 어머니는 그만 갈피를 못 차리고 어리둥절하여 이런 점잔ㅎ지 못한 허술한 사나히들에게 딸을 맡기다니 될 말이냐고 속으로 굳게 다짐한 모양으로 마치 어서 이 자리를 빠져나가야겠다는 태도로 황황히 떠나버렸다.

鄭先生에게 쓴웃음을 웃어 보이니까 先生 역시 어이없다는 듯이 그 魅力있는 웃음으로 그까지거 둘이 뜻만 맞으면 그냥 進行시켜버리지 무어ㄹ 그러슈― 이런 뜻의 말이었다. 先生은 웃는데 실로 매력 있는 분이었다. 그때 거기서 갈린 것이 나와의 마지막이 되었다. 과연 그 매운 바람 속에서 지금은 어떻게 지내시는지.

그런 얼마 後 R은 光州로 나를 찾아왔다 다시는 돌아가지 않을 생각으로.

그래서 나는 R에게 일자리를 마련해 주고 나도 여기서 일자리를 구했던 것이다. 그리고 三月 一日을 擇해서 結婚式을 거행하기로 하고 R의 本家에 아무 말 없이 한 장의 請牒狀만 郵送했던 것이다.

나는 아내의 果斷性과 情熱을 무척 尊貴하게 여겼던 것이다. 結婚式 前日에 K시에서 R의 오빠가 우리를 찾아왔다. 그는 日本서 大學敎育도 받고 人間性도 좋은 사람이었다. 여러 말 없이 '아무것도 모르는 것을 잘 부탁한다'고 하고 式에는 참석치 않고 바로 돌아갔다.

내가 三 · 一節을 結婚의 날로 택한 것은 그 속에 흐르고 있는 自由와 獨立에 대한 敢鬪精神을 그대로 나의 生活信條로 하고자한 것임을 以上의 曲折로 짐작할 것이다.

이미 이렇게 되었으니 妻家에서도 그대로 있을 수 없게 되었다. 그래서 이제는 妻家에서 서둘러서 다시 擇日해가지고 K시에서 妻家를 中心으로 한 式을 해주지 못하겠느냐고 부탁이 왔다. 이렇게 해서 우리집 앨범에는 두 가지의 結婚 사진이 있는 것이다.

그러던 장인도 장모도 또 그때 살아계시던 나의 어머님도 아버지께서도 그리고 不幸하던 누이도 從弟 S도 이젠 모두 故人이 되어버렸다. 그리고 우리집 어린 놈이 지금 중앙학교 一학년에 다니게끔 되었다.

참으로 세월은 속절없이 흐르고 사람들은 고향을 떠난 나그네처럼 총총히 고향으로 돌아가고 있다. 우리의 본래는 나그네 길에 있는 것이 아니라 고향의 세계에 있는 것이 아닐까.

1957.2.23.

전남일보, 1957. 3. 1.

球根小包

나는 昨年九月에 美國 시카고에 있는 어느 種苗會社에 몇 가지 球根을 注文하였다. 몹시 추위를 타는 이 球根들은 겨울에 도착하면 冬傷으로 썩어버리기 때문에 알무정해서 일찌감치 서둘은 것이다.

年前에도 그 회사로 '가라듀ㅁ' 球根을 주문했다가 겨울방학이 끝날 무렵에 도착했기 때문에 運送途中의 冬傷으로 完全히 썩혀버린 일이 있고 또 東京 어느 會社로 '아마리리스' '베고니아' 등을 주문했다가 모두 썩어버려 쓴 경험이 있다.

가까스로 루—트를 얻어서 주문을 해놓고 그것을 기다리는 心情이라든지 그리고 몇 달이 걸려서 요행이 途中의 손도 타지 않고 小包가 도착했을 때 기대와 不安이 섞인 홍분으로 그것을 끄르는 心情이라든지 그리고 다음 순간에 內容物이 모두 腐敗한 것을 발견했을 때의 落心이라든지 이런 심정은 아는 사람만이 알 수 있는 精神的인 것이다.

겨이 반年 가까이 아무 소식이 없던 것이 얼마 前에 겨우 球根小包가 도착했다. 먼저 걱정되는 것은 腐敗여부다 그러나 다행이 큰 탈은 없었다.

이번에 온 것은 和蘭에서 美國으로 輸入 해가지고 再輸出하는 巨大種七색 '아마리리스' 球근이다. 四인치 내지 四인치 반의 탐스러운 큰 球근인데 벌써 뾰쭈주룸히 꽃망우리와 잎파리가 하야ㅎ게 나오고 있었다. 從來의 朱색 혹은 朱地白線의 단순한색彩가 아니라 白 · 오렌지 · 렛드 · 스카ー레드 · 디ー크렛드 · 살몬 · 교색 등 七색의 황홀한 色彩와 巨大한 花形을 가진 가장 改良된 品種으로 美國産球근이 四○센트 내시 七五센트인데 이것은 한개 二弗以上이 되니 球根으로서는 가장 高價에 屬한다. 나는 一色 一球씩 일곱 개를 注文했던 것이다.

今年은 이 꽃들을 볼 재미로 즐거워진다.

같이 注文했던 '카라듐ㅁ' 球根은 상기 아무 消息이 없다. 球根 中에서 가장 추위를 잘 타는 약질로 꽃을 보는 게 아니라 여러 가지 色彩로 着色되는 아름다운 觀葉植物이다. 光州에서는 일찍이 보지 못했고, 나 自身 入手하려다 失敗한 難物인데 별것 아니지만 愛着이 가는 植物의 하나이다. 좀 다스해지면 보내오지 않을가 하고 아직 기다리는 마음을 버리지 않고 있다. 그러나 아마 이번에도 썩어서 올 것이다.

요즘 光州에도 仙人掌熱이 대단하다. 모두 색다른 品種을 모으기에 애쓰고 있다.

취味도 한 가지 流行인 모양이어서 곧 이웃에 傳染한다. 雨後竹순格으로 새로운 마니아들이, 輩出되어 光州에서 누구 집에 가면 무엇이 있다는 것을 同好人들은 꿰고 있다시피 한다.

美國 어느 仙人掌專門會社의 가다로구를 보니까 七○○餘종의 多肉物과 仙人掌이 記載되어 있었다. 孔雀仙人掌만해도 七○餘種이 있는 것을 보고 놀랬다. 커ㄱ터스는 品種이 많아서 한번 취미를 붙이면 一生을 두고 모아야하게 된다.

昨年에 日本서 種子를 갖다가 實生을 해보았는데 여러 가지 재미있는 品種이 나왔다 成長하는데 詩間이 걸려 지루하지만 實生에는 또 實生의 재미가 있다. 發芽하는 모양을 관찰하는 재미 그것이 차차 變貌하여 제 固有의 形態을 갖추게 되는 過程을 살피는 재미 色다른 品種이 나오는 재미 손쉽게 많은 品種을 얻을 수 있는 재미 그리고 씨앗이기 때문에 傷하지 않고 도착하며 값도 비교적 安價한 점 등등 …… 그러나 仙人掌을 專門으로 하는 會社는 흔치 않은 것이다.

지난 초겨울에 칼포니아 어느 專門집으로 種子를 부탁했더니 지금은 品切이나 얼마 後에 보내주겠다는 通知가 왔다. 이미 다른 會社에서 온 것이 두 봉 日本서 온 것이 두 봉 그 會社에서 보내올 것이 열 봉－이렇게 계산해보니 今年에는 仙人掌 實生만으로도 과히 無聊치 않을 것 같다.

생각하면 이런 趣味란 무척 허무하고 非實用的인 장난이지만 이런 조그만 죄 없는 일로 荒凉한 人生이 얼마쯤 즐거워진다면 또한 고마운 일이 아닐까.

전남일보, 1957. 3. 10.

全南文壇十年記 그回顧와 斷想

八·一五 解방 後 全南文壇이 걸어온 발자취에 대하여 나는 이미 四二八八年 八月에 「호남신문」에서 四二八九年 八月에 「광주신보」 紙上에서 그 槪略을 적은바 있으므로 이제 새삼스럽게 무슨 별다른 말을 적을 나위도 없는 일이로되 저바릴 수 없는 편집자의 청이기 때문에 같은 사실을 또 한 번 되풀이 적지 않을 수 없다.

光復直後의 全南文壇의 動態에 대해서는 나는 자세히 알 수 없고 또 사실에 있어서 摸索的인 分散行動이 있었을 뿐 持記할만한 活動도 없지 안았던가싶다.

그러던 것이 六·二五 動亂을 겪고 그 치烈한 体驗을 通하여 복받쳐 오르는 意識的인 使命感에서 團結과 組직과 鬪爭의 必要性을 切實히 느낀 文化人들은 四二八四年 二月 「文總全南地部」를 結成함으로 비로소 組직的인 活動은 開始하게 되었으며 그 尖銳한 行動부대인 「文總救國대全南支대」를 同年 四月 一日에 結成하여 活발한 建國 反共의 街頭鬪爭을 敢行하였던 것이다. 이미 同年 二月 二十七日에는 「文總木浦市支部」가 結成

되어 緊密한 提携아래 戰時의 果敢한 文化鬪爭을 계속했었다. 그러나 文學活動의 本領은 一時的인 街頭活動에 그칠 것이 아니고 實로 그 作品活動을 通한 創造的인 藝術活動에 있는 것이다.

이러한 보다 더 本領的인 文학 本來의 使命을 切實히 느껴오던 文학人들은 期하지 않고 작品活동의 實踐舞台인 文化誌 乃至 文학誌의 發刊을 企劃하고 이의 其体的 實現을 꾀하여 오던바 四二八四年 二月 木浦에서 이에 先편을 加하여 統合文化誌『갈매기』를 創刊하여 많은 比重을 文藝에 두게 되어 全南文壇의 草創的인 功績을 남겼으며 이에 反하여 文總自体는 經濟的인 運營難과 構成員의 微妙한 氣質의 差異等으로 차츰 不振狀態에 빠지게 되어 마침내는 牧拾할 수 없는 事態에 이르렀던 것이니 오늘까지 그 看板은 남아 있으되 한낱 骨동的形骸에 지나지 못한 것임은 누구나 잘 아는 事實이다.

文總結成當時 産婆的인 勞苦를한 사람은 不意에 作故한 故崔東연氏였으며 金南中氏 또한 많은 힘을 썼던 것이다. 文學人中에서 그 當時 이에 參加하여 活動한 사람은 張龍建, 金顯承, 李東柱, 朴흡 等이었으며 其他 各部門에서 많은 人員이 이에 參加하였었다. 前術한 바와 같이 街頭鬪爭에서 作品活動期로 들어가게 된 全南文壇은 마침내 四二八四年 六月에 光州 文學人들의 손으로 純文藝誌『新文學』을 創刊하게 됨에 이르러 名實共히 純文學運動의 期軌道에 오르게 된 것이다.

이리하여『新文學』은 當身 全南文學人의 總역量을 모은 것이었으며 全南文壇은 이에 이르러 하나의 歷史的인 기盤을 이룩하였다. 四二八六年 五月 第四集으로 終刊되기까지 그동안 남긴 功績은 全南文壇史에 길이 남을 것이다.『新文學』時代에 主로 活動한 사람들은 詩에 金顯承, 李東住, 李壽福, 李石奉, 朴흡 등이었고 한때 光州에 머물렀던 徐庭柱, 金宗文 등 諸氏도 약간 이에 協助한 바 있었다. 小說에는 孫哲, 李佳형, 林秉周, 昇志行, 金海錫, 梁秉祐 희曲에 張龍建 評論에 李珍模氏 등이었다.

그러나 『新文學』 同人들 중에서 日帝時代부터 詩를 써오던 金顯承詩人과 解방 後 『文藝』 推薦을 通하여 文壇에 登場한 李東住 詩人을 빼놓고는 모두 所謂 中央文壇이란 곳에 아직 자리를 잡을 時期를 갖지 못한 ―말하자면 그러한 過渡時期에 태어난 遲參者들로서 年令으로나 會社的 地位로나 이제 새삼스럽게 十二代의 第子들 사이에 끼어 文壇進出에 급급할 수도 없고 그렇다고 旣成으로 어물어물한 축끼기에는 文壇的 背景이 없는 ― 그런 어려운 位置에 놓여있는 사람들이었다. 따라서 역量의 有無를 不問하고 早晩間이들에게는 하나의 同件者的인 趣味의 城에 머물거나 그렇지 않으면 自己本來의 學問의 世界로 돌아가거나 또는 生活의 世界에 潛着하여 다른 角度에서 人生의 意義를 發見해야 할 그런 位置에 서 있었던 것이다. 더구나 文壇에 흐르고 있는 地方과 中央과의 微妙한 空氣이며 黨派的인 冷戰이며 역量以外의 文壇政治며 더더구나 眞實보다 영리와 잔꾀로 행세하는 小市民的根性이며 唯我獨尊的인 可笑로운 大家意識 등, 文壇 및 文壇人의 生態를 보아버린 이들 不惑에 가까운 同人들은 '그까짓 文學 안 해버리면 그만이지…' 하는 체念的達觀에서 방觀者의 位置로 옮아앉은 것이 그들 大部分의 솔직한 心境일 것이다.

이것은 張龍建, 孫哲, 李佳형, 李珍模, 梁秉佑, 林秉周, 金海錫, 昇志行 등 諸氏의 其後動向을 살피므로 넉넉히 짐작할 수 있는 것이다.

이리하여 舊 『新文學』 同人의 대부분은 오늘 沈黙 속에 새로운 生活姿勢를 取하고 超然히 하고 있는 것은 理解할 수 있는 일이며 이것은 또한 韓國文壇의 큰 損失인 同時에 하나의 盲点인 것이다.

四二八五年 九月에 木浦에서 車載錫氏의 勞력으로 純수詩誌 『詩情神』이 發간되어 그 호사한 치장과 高탑的인 編輯으로 우리시壇에 적지 않은 關심과 波문을 던져왔거니와 四二八九年 九月에 第四輯을 낸 後로 續간如何를 알 길 없느니 主管하는 車氏도 이제는 지친 셈인가.

四二八八年 二月에 젊은 學徒들의 손으로 詩同人紙 『零度』가 光州에서

發刊되어 三輯까진가냈는데 그 續刊이 順調롭지 못한 것은 經濟的 理由일 것이지만 하나는 이를 젊은 詩人들 중에서 朴成龍, 朴奉宇, 尹三夏, 鄭顯雄 등 새로운 詩人群이 文壇에 진出하여 역量을 보이고 있어 이제 同人誌의 필요가 없어졌는지도 모를 일이다. 이 一群의 詩人들 中에는 내가 알기에 앞으로 關門을 뚫음에 어렵지 않을 역量있는 사람이 아직도 남아 있음을 믿는 것이다.

全南文壇은 現在 地方에서 發刊하는 文藝誌의 全無와 一般 綜合誌 廢刊 등으로 거이 活動이 中斷되고 있으며 地方新聞은 競爭上 倍大版은 울며 계子먹기식으로 내고 있으나 原稿料를 充分히 支出못한 채 自然不實한 容으로 抵級해질 수밖에 없는 일이다.

解放十年동안 우리고장에서 文壇에 進出한 新人들도 不尠하니 李東住를 비롯하여 李壽福, 許演, 朴成龍, 閔在植, 朴鳳宇, 鄭顯雄, 尹三夏, 권일송 등 詩人과 吳有權(小說), 李壽福(小說), 車凡錫(희曲), 昇志行(小說), 鄭소坡(時調), 鄭奉來(評論), 김상일(評論), 其他諸氏들이 各各『現代文學』『文學藝術』및 中央諸新聞을 通하여 文壇에 進出 또는 그 段階에 있는 것은 반가운 일이며 이분들이 誠實한 길을 밟아 文學에 있어서나 人間에 있어서나 좋은 傳統을 이룩해 주기 바란다. 그리고 앞으로도 많은 選手들이 이 고장에서 登壇할 것을 믿는 바이다.

十年동안에 中央 地方을 莫論하고 活動한 作家들을 들어보면(以下無順)

‘詩’에 金顯承, 李東住, 許演, 李壽福, 李海東, 金岳, 朴定溫, 鄭소破, 閔在植, 朴成龍, 朴鳳宇, 金平玉, 李耕人, 鄭顯雄, 尹三夏, 權逸松, 朱命永, 林鶴松, 朴石窓, 李石奉, 朴흡 등 諸氏

‘時調’에 趙종玄, 許演, 鄭소破 등 諸氏

‘小說’에 朴花城, 吳有權, 孫哲, 昇志行, 李壽福, 李佳炯, 임병주, 金해석, 梁秉佑, 李東住, 田炳淳, 沈山松, 朴賢哲 등 諸氏

‘희曲’에 張龍建, 車範錫, 金抱千 등 諸氏

'評論'에 金顯承, 張龍建, 李珍模, 金南中, 鄭奉來, 김상일 등 諸氏

'隨筆'에 趙喜灌, 金南中, 徐斗成, 千鏡子, 朴仁成, 李恩泰, 梁普承, 金一로, 車載錫, 金海錫, 李東住, 朴眞哲, 等諸氏

'兒童文學'에 여運教, 許演 等 諸氏를 들 수 있다. 이밖에도 많은 분들이 活動했으나 기억이 삭막하여 일일이 들지 못함을 未安하게 여기며 또 한 사람 한사람의 作家에 對하여 言及할 紙面이 없음을 유감으로 여긴다.

四月 十一日

전남일보, 1957. 8. 15.

全南 文壇의 過去 · 現在 · 未來

光復 後 十年 동안 全南文壇이 걸어온 발자취에 대하여 나는 이미 세 번이나 그 概略을 記錄한바 있다. 卽四二八八年八月에 호남신문에서 四二八九年 八月에 광주신보에서 四二九〇年 八月에 全南日報 紙上에서 각각 같은 事實의 槪要를 記述했던 것이다. 이제 全南藝術에서 다시 이에 類似한 原稿 請託이 있으나 매우 거북한 일이며 角度를 달리하여 이를 論하기에는 資料와 時間이 許諾치 않는다.

八一五 解放直後의 全南文化界의 動向에 對하여 나는 아는바가 없다. 解放의 기쁨과 混亂속에서 漠然한 模索的인 活動이 分散的으로 若干 展開되었으리라고 여겨지며 文化誌의 刊行과 作品集等이 나왔었다고 하나 자세한 것은 알 수 없고 李海東, 林秉周, 李東柱, 金海錫, 金岳等, 諸氏가 主動人物이 아니였던가 싶다.

그러나 이러한 草創期의 文藝活動은 뜻하지 아니한 六 · 二五 動亂의 勃發로 말미암아 그 正常的 發展이 餘地 없이 破壞되어 支離滅裂한 分散狀態에 빠지게 되었으며 六 · 二五 동난의 그 熾熱한 体驗을 通하여 文化

人들은 커다란 自覺과 闘爭意慾에 불타 團結과 組織의 心要性을 뼈저리게 느끼고 이의 具体的 實現方策을 摸索 協議하게 되었다. 이리하여 故崔東衍, 金南中, 朴洽 등, 諸氏가 主動이 되어 四二八四年 一月에 全國文化團体總聯會合(俗稱 文總)金南支部의 結成을 보게 되어 이로 말미암아 비로소 全南의 全文化界를 網羅한 組織的인 文化活動이 開始되었던 것이다. 文總支部結成이야말로 對社會的으로 文化人의 存在를 높이 宣揚한바 컸던 것이다. 同年 四月 一日에는 그尖銳한 行動部隊로 文總救國隊全南支隊가 結成되어 壁詩壁報, 防共街頭移動漫畵展, 街頭與論調査, 放送, 映畵, 紙上活動 등 多彩로운 活動을 展開하여 經濟難 其他 모든 隘路를 무릅쓰고 果敢한 街頭活動을 繼續하여 文化人의 反共, 建國闘爭을 展開시켰던 것이다. 一方 이에 呼應하여 木浦地區에서는 同年 一月 二十七日 文總木浦地部를 結成하고 주로 演劇을 通한 活潑한 文化運動이 展開되었다. 이와같이 當時 文化人들은 잘 團合하여 果敢한 行動으로 文化闘爭을 계속해 왔었으나 그러나 이러한 街頭活動은 時局的 過渡的인 現象에 지나지 않은 것으로 文學의 本領 作品活動을 通한創造的인 藝術活動에 있는 것은 두말 할 것도 없는 일이다.

이리하여 奔忙 騷然하던 街頭活動이 차츰 어느 程度로 落着点에 到着하자 文學人들은 보다 더 本領的인 文學 本來의 使命에 살자하는 切實한 欲求를 느끼게 되어 차츰 街頭活動期에서 作品活動期로 옮아가게 되었다. 여기에 있어서 먼저 問題가 되는 것은 作品活動의 基本舞臺가 되는 機關紙의 刊行이었으니 이의 基本案에 대하여 光州, 木浦等地에서 累次 論議되어오다가 드디어 四二八四年 二月 木浦에서 綜合文化誌 갈매기를 創刊하여 많은 比重을 文藝에 두게 되어 草創期 全南文壇에 끼친바 功績은 不尠한 바가 있었다. 曺喜灌, 車戰錫, 李珍模, 諸氏가 이에 많이 힘쓴 분들이다. 한편 全南文總 自体는 經濟的 運營難과 構成員의 氣質上의 差異와 文學人과 一般人과의 微妙한 陰影 등을 차츰 不振狀態에 빠져 마침내는

有名無實한 한낱 形骸로 化하여 버리고 말았다. 文總이 이와 같이 收拾할 수 없는 狀態에 到達하자 文學人들은 한층 더 作品活動에 依한 活動을 열어 文學人으로서의 本來의 使命에 살고자하는 熾然한 意慾아래 마침내 在光文人을 中心으로 하여 四二八四年 六月에 純文藝誌 新文學의 發刊을 보게 되었으니 金顯承, 張龍健, 李東柱, 孫哲, 朴洽 등이 主動이 되었었다.

이리하여 新文學의 發刊으로 말미암아 全南文壇은 作品活動의 本軌道에 오르게 되고 創作意慾은 높아지고 作品活動은 活潑하게 되었으며 全南文壇의 質的向上과 文學態度의 眞實性을 가져오게 되었던 것이다. 新文學은 當時 全南文壇의 最高力量을 集中 한 것으로 그 즈음 中央에서도 文藝誌 하나 변변히 못나오고 있던 때이었으니만큼 이에 대한 關心과 期待는 적지 않았던 것이다. 四二八六年 五月 第四輯으로 終刊 하기까지 新文學이 우리文壇에 차지한 位置는 記憶 해둘만 한 것이었다. 新文學 時代에 主로 活動한 作家들은 詩에 金顯承, 李東柱, 李壽福, 李石奉, 朴洽 등이었고 客員으로 한때 光州에 愚接하든 徐廷柱, 金宗文氏 등 若干 이에 協助하였으며 期他中央 地方에서 몇몇 詩人이 寄橋한 바 있었다.

小說에는 孫哲, 李佳炯, 林秉周, 金海錫, 昇志行, 梁秉祏 등 諸氏

戲曲에는 張龍健

評論에는 李珍模氏 등을 들 수 있다. 그러나 이 新文學 同人들은 개인的으로 매우 딱한 位置에 놓여 있었다. 其中에서 金顯承詩人은 旣히 日帝時代부터 詩를 써왔었고 李東柱詩人은 解放後 文藝誌의 推薦制을 通하여 文壇에 登場하였지마는 餘他의 同人들은 대개 中央文壇에 자리를 차지하지 못한 사람들이었다. 그러나 벌써 年齡的으로 不惑에 가까운 사람이 많았고 더러는 四十을 훨씬 넘는 사람들도 있었으며 따라서 그 社會的 地位도 各界에서 이미 一家를 이룬 사람들로서 二十代의 풋내기 書生들은 아니었다. 그런 관계로 이제 새삼스럽게 二十代의 弟子들 틈에 끼어 무슨 推薦制를 通하여 文壇 初年兵으로 나서기는 쑥스러운 일이고 그렇다고 푸리파스로 登場하기에는 文壇的 背景이 없었다. 이 고장에서도 李壽福, 許演, 昇志行氏 같은 분은 推薦의 關門을 通하여 文壇에 나섰지 마는 그러나 新文學 同人과는 또 경우가 달랐다.

新文學 同人은 大部分이 中年期를 넘은 말하자면 時代를 잘못 타고난 사람들로서 그들의 文壇은 遲然은 어찌할 수 없는 時代的 趨勢이었던 것이니 말하자면 時代의 犧牲이 된 셈이다. 마침내 그들은 深刻한 「디레ㅁ마」에 逢着하게 되었다. 即 창피를 무릅쓰고 推薦의 關門을 通過할 것인가? 不然이면 文學의 同伴者로서 愛好者의 位置에 물러 설 것인가? 그들은 力量보다 條件의 桎梏때문에 文學에서 떠나고 있는 것이다. 이것은 張龍健, 李佳炯, 孫哲, 梁秉祏, 李珍模, 林秉周, 金海錫氏 등의 其後의 動向을 살펴보면 這間의 消息을 能히 짐작할 수 있는 문제이다.

新文學이 終刊되기 一年 前인 四二八五年 九月에 木浦에서 車載錫氏의 盡力로 純粹詩誌 「詩精神」이 發刊되어 그 호사한 치장과 高踏的인 編輯으로 當時 沈滯에 빠져있던 우리 文壇에 적지 않은 波紋을 던졌었다. 詩精神은 不偏不黨의 態度로 全詩壇人을 망라하여 編輯하여 왔었거니와 여기에 또한 同人誌도 아니요, 中央詩誌도 아닌 同誌의 性格 規定에 若干의 論点이 있었던 것이다. 지독한 寡産으로 四二八九年 九月에 第四輯을 낸 後 消息이 묘연하거니와 아무튼 우리 詩壇에 끼친 詩精神의 功績 또한 적다 할 수 없을 것이다.

이와 아울러 四二八八年 二月에 主로 西中, 光高出身 젊은 大學生들이 中心이 되어 詩同人誌 「零度」를 光州에서 發刊하여 우리 詩壇에 斬新한 空氣를 불어 넣었으며 同人 中에서 이미 朴成龍, 朴鳳宇, 尹三夏, 鄭顯雄 등 새로운 詩人群이 이 詩壇에 登場하여 그 力量을 發揮하고 있음은 慶賀할 일이며 그 外에도 朱命永君을 비롯한 將來가 囑望되는 有能한 詩人이 적지 않아 期待가 큰바 있다. 그동안 金南에서 많은 推薦 또는 新聞當選 등으로 中央에 進出한 사람이 許多하니 李東主(詩), 昇志行(小說), 吳有權

(小說), 李壽福(詩 小說), 許演(詩), 朴成龍(詩), 閔在植(詩), 車載錫(戱曲), 鄭奉來(評論), 金相一(評論), 朴鳳宇(詩), 尹三夏(詩), 權逸松(詩), 鄭顯雄(詩), 鄭韶坡(詩調), 金抱千(戱曲) 其他 몇몇 분이 잇고 앞으로도 無難히 이 關門을 通할만한 力量을 갖춘 사람이 하나 둘이 아니니 全南文壇은 大体로 十年 동안 質的으로 量的으로 括目할만한 發展을 해 오고 있다고 할 수 있을 것이다. 그동안 作品活動의 밑받침이 되어온 地方誌를 들어보면 新文學 詩精神 零度 등 純文學誌以外에 갈매기 戰友 湖南公論 젊은이 多島海 함聲 등 新文化 學生文藝 등 諸文化誌며 東光新聞 호남신문 全南日報 光州新報 등 地方紙의 文藝面과 各級 學敎에서 發行하는 校誌 등이라 하겠다. 現在에 있어서는 이렇다할만한 文藝誌나 綜合誌가 없고 近日「全南藝術」誌가 發刊된다고 하나 그 命脉 또한 卜하기어렵다. 全南에 많은 文化人들이 있음에도 不拘하고 自律的인 文藝誌하나 없다는 것은 文學人自身에게 反省해야할 많은 要素를 가지고 있다는 것을 證左하는 것으로 壁을 헐고 깊이 생각해주기 바라는 바이며 特히 꾸준한 習作時期의 同人誌가 計劃되어 力量 있는 新人들이 將來에 많이 輩出하기를 바란다.

現在 全南文壇은 一部 文學人들의 中央活動 外에 地方活動은 甚히 沈滯狀態에 빠져있으며 겨우 地方 三新聞의 文化面에 依存하여 低調한 命脉을 이어가고 있는 것은 매우 遺憾스러운 일이다.

끝으로 解放後 作品活動을 해 온 作家들을 列擧하면

『詩』에 金顯承, 李東柱, 許演, 李壽福, 李海東, 金岳, 朴定熅, 鄭韶坡, 閔在植, 朴成龍, 金平玉, 李耕人, 鄭顯雄, 朴鳳宇, 尹三夏, 權逸松, 林鶴松, 朴石倉, 朱命永, 李國憲, 李石奉, 朴洽 其他 諸氏

『詩調』에 趙宗玄, 許演, 鄭韶坡 등 諸氏

『小說』에 朴花城, 吳有權, 孫哲, 昇志行, 李佳炯, 金海錫, 李壽福, 梁秉祐, 李東柱, 沈숭(死亡), 朴眞哲, 田炳淳 등 諸氏

『戱曲』에 張龍健, 車載錫, 金抱千 등 諸氏

『評論』에 金顯承, 張龍健, 李珍模, 金南中, 金相一, 鄭奉來 등 諸氏

『隨筆』에 曺喜權, 金南中, 徐斗成, 朴仁成, 李恩泰, 李東住, 金一鷺, 金海錫, 車載錫, 朴眞哲 등 其他諸氏

『兒童文學』에 許演, 呂運敎, 金信哲 등 諸氏를 들 수 있다. 其外에도 많은 분이 活動했으나 資料와 記憶 不足으로 一一이 들지 못함을 多謝한다.

앞으로 全南文壇을 걸머지고 나갈 많은 新進과 또 앞으로 進出해 나올 新人들의 活動에 期待되는 바가 크다고 하겠다. 以上 頭書없이 적어 文責에 가름한다.

전남예술, 1957. 11.

새해설문

1. 새해에 꼭 하고 싶은 일은?

이 해에는 더욱 救靈問題에 오로지 마음을 쓰려고 합니다. 사람이란 언제 죽을지 모르니까 죽음에 대한 마음의 준비를 갖추어 언제든지 당황하지 않을 차비를 하고 있어야겠습니다. 그리고 날이 따뜻해지면 저자에 나가 板한번을 사서 알뜰한 목수에게 부탁하여 관을 하나 짜두려 합니다. 이것을 내방에 놓고 책상삼아 쓰면서 친숙해 두었다가 세상을 졸업하는 날 변 없는 아내나 철부지 어린것들이 이런 일로 당황하지 않도록 대수택(手澤)으로 빛나는 이 침실을 쓰기하고 싶습니다.

2. 우리고장에 가장 시급한 文化的 施設은?

첫째 어린이유원지입니다. 우리는 너무나 어린이들을 학대하고 있습니다. 광주에는 일요일에 어린애 손목을 잡고 즐기러 갈만한 곳 한군데가 어디 있습니까? 시내공원 아래 같은데 좋은 장소가 있는데 왜 市에서는 개인에게 영장소로 사용시키고 있는 지 매우 그 意圖를 이해하기 곤란합니다. 둘째 미화된 공동묘지의 설치입니다. 가택란보다 더 심한 묘지난, 공동묘지를 보십시오. 발디딜 빈자리 하나가 있는가 길가에 버리지 못하니까 마지못해 아무렇게나 갖다 묻어버리는 쓰레기장이지. 그것이 어디 人間最終의 休息處이며 顯揚하고 있는 경건한 묘지라고 하겠습니다. 넓은 길과 우거진 樹木과 아름다운 花草며 깨끗한 管理로 墓地를 미화하고 明朗化하여 淨化된 영여된 영역으로 만들어 우리 民族의 文化水準을 向上시키고 싶으며 묘지야말로 경건하고 엄숙한 우리의 冥想處가 되도록 하고 싶습니다. 셋째 無等山을 속히 개발하여 國立公園이 못되면 詩의 公園化하여 지친 시민들에게 건전한 行樂地가 되도록 추진해 주기바랍니다. 넷째 YMCA나 YWCA같은 단체에서 아담한 宗教圖書館과 少年團같은데서 少年圖書館을 設置해볼 의사가 없는지 묻고 싶습니다.

3. **萬一 千萬圓**이 생긴다면은 어떻게 **使用**하시렵니까?

진저리나는 계림동 구3반의 住所를 벗어나 어느 都市의 高的한 교外에 널따란 땅을 구하여 조그만 집과 몇 동의 溫室을 지어 거기서 좋아하는 여러 가지 花草와 仙人掌을 재배하여 品種改良과 新種 育種 等에 힘써 未開地에 文明을 이끌어가듯이 기계의 發展을 하여 힘쓰며 마음의 平安과 정신적인 생활을 하고 싶다.

4. **最近** 가장 **印象**깊었던 **映畵**와 **權**하고 싶은 **書籍**은?

최근별로 영화를 보지 못하고 있습니다 신간도 별로 읽지 못했습니다. 요 며칠동안 「하멜漂流記」 「恨中錄」 「仁顯王后傳」 등 옛 책을 읽었는데 인간의 운명과 행복이란 것을 깊이 생각게 하는 책들이었습니다. 그리고 일인사교 포천상삼랑씨의 「朝鮮殉教史」를 지금 읽고 잇는데 많은 영적위

안과 격려를 받고 있습니다. 다레－의 「조선순교사」나 「조선순교복사열전」 등과 같이 일독을 권하고 싶습니다만 원체 구하기 어려운 책이 돼서……

5. 貴下의 하루 담배 量과 酒量은?

담배는 보시 피우지 못하고 술은 지난 세말경부터 금하고 있습니다. 이것은 앞으로도 계속될 것입니다. 나의 친구들은 앞으로 나에게 술을 권하지 말기리를 이에 부탁하는 바입니다.

6. 貴下가 擇하고 싶은 職業은? 轉換한다면?

자유업이면서 이웃이나 민족이나 인류에게 무엇을 끼쳐주는 그러면서 자기의 취미와 성격을 살리는 그런 직업이 있으면 합니다. 그런 점에서 나는 한때 묘목생산에 손을 대본 적도 있었습니다. 경제가 허락한다면 한국에 고등원예회사를 하나 설립햇으면 합니다. 개인적으로 보는 고등화초 및 온실원예를 할 수 있으면 퍽 취미에 맞는 일입니다마는 그저 생각뿐이지요 고지식하게 너무 써서 미안합니다.

전남일보, 1958. 1. 24.

雜草같이 모질게 살려는 意志

-詩集『키르쿡크의 石油』와 愛鄕詩人 金岳

悠久히 西으로 西으로 흐르는 榮山江 流域에 자리 잡은『全羅道땅』과 그 속에서 雜草처럼 모질게 살고 있는 全羅道 사람들의 숨 가쁘고 뼈저린 生活現實 속에 그의 詩는 깊이 뿌리박고 핏빛 꽃봉우리를 맺고 있는 것이다.

荒凉한 山河, 廢墟된 農村이며 悽慘한 麥嶺 絶糧에 신음하는 農民들이며 도시로 떠나가는 全羅道 가시네며 砲火에 무너진 殺伐한 焦土며 飢餓 속에 皮肉을 드러내고 살아가는 鄕土사람들.

이런 숨 막히는 우리의 現實을 그는 눈에 심지를 켜고 직시하며 그 속에서 呼哭하고 몸부림치고 노래하고 목마르게 救援을 바라며 뜨겁게 사랑하고 있는 것이다. 나는 그의 詩에서 '러시아'의 詩人 '에세니ㅇ'의 一面이 방불함을 느낀다.

草根木皮를 짓씹는 올해도 우리는
새빨간 선지피를 쏟우며

荒凉한 麥嶺을

끌려가는 개구리들
(중략)
고삐에 매달린
全羅道
소야.

「全羅道소」의 一節

아 五月의 하늘은
보릿고개
현기증 높이 빈혈증 별똥이여

山나물 뜯다가 달디단 칡뿌리랑
캐내자
松皮건 山羊皮건
베껴서 씹자.
질근질근 짓씹으면
아 五月의 하늘은
보릿고개
높은 虛空에 떴구나

손구락을 빨아라
어린것들은 흙가루를 먹는다.
할머니도 福童이도 나선다 지새는 새벽길을 나선다.

「斷腸의 하늘」 一節

오곡 무르익은 가을이여
하늘이여

형제들이여

우리들의 皮膚는

시커멓게 타버린
등골뼈 갈비쭉지는
노새와 같이 노새와 같이
퀴퀴한 구린내

豚舍 같은데서
일년 열두살
平生을 두고
서울 구경 한번
못가본
할아버지 다시는
소망도 없이
오랜 해소병을 앓으시다
급기야 臨終이시다니

우리들은 農軍의
子息들
참으로 順한 羊과 같이 순한
꽃도 이웃도 玉姬도
그 누구보다도
사랑 할 줄 아는 소 같은 놈들－.

이밤사 먹잘 것 없는
독한 소주라도 실컨 마시며

달빛에 취해나볼까
달빛에 취해나볼까

「달밤의 일」 一節

이 얼마나 처참하고 숨막히는 現實이며 기막히는 심정인가 이것의 누구의 죄라고는 하지 않지만 「소같은놈」은 그거 달밤에 독한 소주라도 마셔 배기는 것이다.

영산강 대들보에
연신 어둠은 나리는데

비알을 돌아
기적은 우는가

메아리 오십리 길

전라도 가시네야
어데ㄹ 가느냐
「쌍가릿재」 일절

寂寬한 마을
샘터엔

두레박질 손을 멈추고
오치리 사람들.

욱히로 떠나가도

전라도 가시네야

오빠가 갔을때는
장터에서 소가 울고

아버지가 가실 때에는 부엌에서
귀뚜라미가 울었다

湖南線 列車

네가 가는 날은
네가 가는 날은
눈망울로 옷고름을 적시우는
오치리 사람들.

「눈물」 一節

이렇게 마을 少女들은 삶에 쪼들려 고향을 떠나 도시의 어두운 뒷골목에서 밤을 밝히는 것이다. 그리하여 이 시인은 누이동생처럼 그들을 안타까워하고 그들에게 따뜻한 힘을 주는 것이다.

넘어서자

우리모두 이 險한 苦海를 넘어서자.

옥순이
분예도
全羅道 가시내야

(중략)
이 어둠 막막한
하늘은 뒤덮어도
빽빽 기어서라도 살자구나
너도 나도 고향이나 쥐는 될 수 없는 '人間'들

「뒷골목에서」 一節

그러나 그는 이 처참한 現實 속에서 그저 感傷하고 탄식하고 있는 것 마는 아니다 어디까지나 질기고 끈덕지고 악착같은 의지로 기어이 살아가려고 애쓰는 것이다 이를 악물고 버티고 雜草처럼 모질게 살아가려고 하는 것이다.

눈에는 불 불심지
살아야한다
기어이 견디며 살아야한다

億万年이라도 우리모두 이땅에 묻혀서살아야한다

「斷腸의 하늘」 一節에서

그리고 이런 처 慘한 鄕土의 피로 살진 首都 서울을 미워하고 "말하라! 오오 나의 首都여" 이렇게 그는 서울거리에서 肉迫하는 듯 悲痛한 反問을 던지는 것이다. 그에게는 항상 鄕土와 굶주린 同胞에 대한 따뜻한 사랑과 正義感을 품음과 동시에 祖國에 대한 뜨거운 사랑에 불타고 있다.

산에는 불바다

들에는 잿더미

쫓고 쫓기우고 하였을 때
참으로 우리들 돌보는 자
누구인가를 알았다
(中略)

시방 億万年의 밤이 나린데도

아아 우리의 이마위에 빛나는
그 이름 그 이름을

조국이여.

「땅」의 一節에서

詩人 金岳은 투철한 鄕土詩人며 도저한 리알이스트며 大衆시인이 동시에 열렬한 愛國詩人이다.

그는 막연한 '永遠性'의 벨을 쓰고 그 속에서 '꽃'이나 '슬픔'이나 '사랑' 같은 문교부 국어과 國定敎科書에 실리기가 所願인 그런 얌전하고 참한 詩는 쓰지 않는다. 그의 시는 오로지 現實直視의 불심지속에서 펄펄뛰고 뚝뚝 鮮血이 들고 있는 것이다.

藝術的琢磨니 技巧니 하는 그런 本格的인 問題는 그에게 있어서 第二의 問題요 要가는 그가 가지고 있는 똑바른 '눈'과 詩精神문제다. 그런 意味에서 그의 詩는 大衆의 支持를 받을 것이요, 일부 純粹藝術派에게는 冷笑의 푸대접을 받을는 지도 모른다. 앞으로 一般의 精進을 비는 바이며 한 마디 苦言은 너무 詩的인 用語를 고르려고 애쓰거나 다듬고 맵씨를 꾸미려는 努力대신에 農民이나 勞動者의 가슴에 뛰어들어 총알같이 共鳴을 자아내는 素朴 平易 率直 簡明한 表現을 開拓하여 現代詩가 取하고 있는 自殺的 골목길에 빠지지 않도록 해주기 바란다.

전남일보, 1959. 6. 13.

跋 <金 岳 노오트>

金岳詩人이 第二詩集 <키르쿡크의 石油>를 내게 된 것을 기뻐한다. <키르쿡크>란 <이락> 地方의 地名이라 한다. 아무튼 멋진 이름이다.

金詩人과 나는 平素에 자별하게 가까운 사이라고는 할 수 없다. 내가 一年 半동안 病으로 앓고 있을 때에도 그는 한 번도 찾아 온 일이 없었다. 그러나 만나면 역시 微笑로 대할 수 있는 악의 없는 친구다.

나는 그의 꾸밈없는 양철 같은 性格을 좋아한다. 그늘과 表裡가 없고 僞善도 僞惡도 二重性도 없는 있는 그대로의 수수하고 털털하고 시끌작한 人間 金岳은 사귀는데 신경이 쓰이지 않고 아무런 警戒도 조심도 心要치 않아 江바람을 쏘이며 여울물 소리를 듣는 것 같이 상쾌하다.

무슨 金屬 뭉치 같은 그의 筋骨 속에서는 무시로 波濤 같은 웃음이 주체못 하리 만큼 터져 나온다. 누구나 그의 쾌활한 웃음의 빤치 앞에 서면 마치 波濤에 씻기운 모래밭처럼 말끔히 씻기워지고 지워져 버린다.

그는 無事泰平인 것 같이 살아간다. 小節에 拘碍하지 않고 至極히 樂天的인 方法으로 快活하게 살아간다. 그에게는 絶望이나 落膽같은 것은 없다. 아무리 가파른 처지에서라도 決코 쓰러지지 않고 오뚜기처럼 일어서며 총알 같이 뚫고 나가는 不退轉의 鋼鐵力을 가지고 있다. 그는 끈덕진 끈기와 無謀 蠻勇에 가까운 猪突的인 對決性을 가지고 있다. 그에게는 어려운 일이 있는지 모른다. 一見 粗野하고 넉살좋고 양철통 같은 그를 겉으로 얌전을 빼는 소위 紳士諸君들은 눈살을 찌프릴른지 모르나 그는 그만큼 내흉한 데가 없고 대쪽같이 眞率하고 번역해야 할 面이 없는 것이다.

얼른 보기에 그는 그저 흐렁흐렁 살아가고 있는 것 같으니 그러나 그는 決코 아무렇게나 살고 있는 것은 아니다. 오히려 지나치리 만큼 潔癖한 一面을 가지고 있어 아니꼽고 메시꼽고 되되한 젠체 하는 人間들 앞에서는 그의 목은 鐵筋처럼 굳어져 머리 숙일 줄을 모르고 더불어 사괴기를 즐기지 않는다. 手段 方法을 가리지 않고 서둘고 애써서 한다리 끼려고 하는 卑劣한 群小輩들을 다시 없이 경멸하며 미워한다. 아무런 大家나 權威앞에서도 그의 이 <오만>은 꺾이지 않는다. 그런 의미에서 그는 무척 괴팍하고 결벽한 正義派다 그는 天性으로 詩人的 氣質을 가진 사람이다.

그는 詩에 있어서도 서둘러 文壇에 나서려고 애쓰지 않고 文壇政治나 派黨을 背景으로 或은 忠僕的 積功으로 살짝 한다리 끼려고 策活하는 무리들을 가장 미워한다. 그의 시를 남이 알아주건 몰라주건 그건 掛念치 않는다.

그저 억누리지 못하는 生理作用처럼 솟아오르는 內的인 그 무엇을 排泄 않고는 못 견기는 것이다. 쓰려고 애쓰는 것보다 쓰지 않고는 못 배기는 것이다. 만들어진 詩가 아니라 솟아오른 詩다. 그의 시가 脚光을 받던 못 받던 아랑곳없이 그는 죽는 날까지 詩를 쓸 것이다. 그의 끈기와 猪突的인 氣魄으로 그는 詩의 길을 줄다름질 치며 닦아 갈 것이다. 그의 詩가 앞으로 年齡과 더불어 어떻게 變貌해가며 發展해 갈 것 인가는 자못 홍미있는 일의 하나이다.

나는 이번 詩集의 原稿 다 읽지 못 했지만 그의 詩는 우리가 사는 숨가

쁘고 뻐저린 現實 속에 깊이 뿌리박고 있다. 그는 말하기를 <나는 知性의 門밖에서 끼웃거리는 武術詩人>이라고 익살 섞어 自己를 말하고 있지만 이 얼마나 旣成詩人들에게 대한 痛快한 諷刺며 反撥인가. 또 그는 이런 말을 내게 했다. <琢磨된 修辭라든지 藝術性에 대해서는 자신이 없다>고 또 <詩란 누구의 作이라고 이름을 내 걸 것이 아니라 여러 사람들 손으로 共同完成되어야 할 것이 아니겠느냐>고 물론 겸손에서 하는 말이기도 하지만 이런 말들은 그의 詩에 대한 態度를 엿보게 하는 좋은 거리들이며 抒情萬能의 藝術至上主藝的인 現實逃避의 詩나 詩人들에게 대한 그의 强烈한 反撥인 것이다.

低調한 만네리즘에 빠져 修辭와 技工에만 手工業笛인 腐心을 기울이고 있는 末梢的인 詩壇에 던지는 하나의 投石으로 詩人 金岳은 그가 이름 날린 野球選手이듯이 이 한 권을 던지는 것인지도 모른다.

키르쿡크의 石油, 1959. 6.

塔을 對하며

韓國은 바야흐로 탑과 비와 동像의 全盛時代라고 할 수 있다. 하기야 제 것이라고는 이제껏 가져본 일이 없으니 그 反動으로 一時에 쏟아져 나온다는 것은 있을 수 없는 일이지만. 그러나 自覺은 지나친 남立은 오히려 뜻 있는 이의 빈축을 금하지 못하고 있다. 한 例를 들자면 光州學生獨立運動記念탑만 하더라도 이미 全國的인 呼應아래 擧族的인 정성과 힘을 모아 發祥地의 發祥校에 嚴연히 세워져 있음에도 不拘하고 마치 샘 내여 競爭이나 하듯이 같은 市에 벌써 세 군데나 비슷한 것이 서게 되었으니 먼저 그 盛事를 찬양하기보다 오히려 그 남立에 뜻있는 이의빈축을 사고 있다.

한데 뭉쳐 하나를 받들어 빛내게 하는 것이 많은 亞流를 蘇生시켜 權威를 分散시키는 것보다 더 뜻있고 위엄 있는 일이라고 나는 믿는다.

光州學生獨立運動하면 男女나 學校의 區別없이 모두 그 속에 包含되는 것임에 不拘하고 구태어 性별과 學校별을 따져 分散시킬 것은 무엇인고. 그렇다면 當時 學生運動에 參與한 學校가 비단 前記 記念비나탑이 서있는 三個校뿐이 아닐진대 餘他의 學校에서도 앞으로 또 記念비를 세운다고 누가 이것을 막으며 是非할 수 있을 것인가.

도대체 祈念비나 탑을 세우는 것만이 가장 適切한 愛國運動이며 民族精神을 昂揚하는 길이라고 생각한다면 이것은 이미 너무나 낡은 생각이다. 그런 정성과 熱意가 있으면 차라리 學生獨立運動 記念館이나 學生圖書館 같은 것이라도 지어 참으로 靑少年 學도들의 知 · 德 · 体의 三育에 이바지하여 훌륭한 일군을 만들 수 있는 實除的이며 效果的인 生動하는 方案에 着眼하여 實現하는 것이 보다 더 意義 있고 現代的인 것이 아닐까. 事實 또 그 當時 學生運動 犧牲者로서 오늘날 生存해 있는 분들의 實情은 慘담한 바가 있다. 大部分의 犧牲者들이 이미 日帝의 채찍아래 死亡했거니와 겨우 살아있는 분들은 只今 그들이 일으킨 學生獨立運動을 記念하는 그 자리에 參席하는 일조차 신발 걱정 의복 걱정 때문에 못나오는 形便이 許多하다고 듣는다. 또 그들의 遺族이나 後孫들이 굶주리고 헐벗어 進學의 門조차 막혀있다는 말도 듣는다. 이런 분들에게 따뜻한 援護와 慰勞의 길을 열음과 同時에 奬學機關이라도 設置하여 先烈의 後裔들의 後顧의 우려가 없이 하는 것이 참으로 뜻있는 일이 아닐까. 學生獨立運動의 빛나는 精神을 昂揚하고 記念하며 繼承하게 하는 方途는 한낱 石造物의 建立에만 있는 것이 아니라는 것을 그리고 들뜬 화려하고 盛大한 行事에만 있는 것이 아니라는 것을 깨달아야 할 것이 아닌가.

더욱이 어떤 學校의 이름을 빛내거나 하나의 裝飾物로서 或은 一部層의 생색이나 또는 學生運動을 빙자한 어떤 個人의 營利行爲로 이것이 利用되고 끌리어 가서는 안 될 것이다.

世上에는 너무 영리하고 利己主義이기 때문에 一生을 通하여 아무 傷處도 입지 않고 安穩한 生涯을 無難히 보내며 適當한 榮華와 平安을 누리는 사람들이 많다.

탑은 무엇을 생각하고 있을까?

호남신문, 1959. 12. 3.

새 共和國의 文化를 말한다

-創刊號 앙케이트

1. 새共和國에 바라고 싶은 文化政策
2. 全南文化의 向上을 위한 方案
3. 藝術의 社會參與에 對하여
4. 특히 本誌文化面에 바라고 싶은 要望

1. 文化를 尊重하고 言論신達의 길을 넓히고 文化人의 發言에 귀를 기울이여 이를 反映하고 文化人의 生活을 保障하며 國家社會를 좀먹는 似而非 文化를 除去할 것.

2. 大同團合하여 文化人의 組織을 갖고 機關紙를 發刊할 것 似而非 文化人의 行패를 막을 것.

3. 藝術은 그 時代 그 社會의 反映이니 마땅히 積極的인 社會參與를 해야 할 것은 論議할 餘地조차 없는 當然한 일입니다.

藝術이 그 社會나 時代에서 고립하여 無緣한 象牙塔속에서 自瀆行爲에 바친다면 그것은 許容할 수 없는 일입니다.

4. 올바른 地方文化 向上을 위해 항상 紙面의 水準을 維持하고 品位를 잃지 않기 바라며 校紙나 休紙筒으로 化하지 않기를 부탁합니다.

전남매일신문, 1960. 9. 26.

黃昏의 思想 (상)

어머니의 품안에서 젖을 만지며 아우와 새우던 일이 엇그제 같은데 벌써 五十고개를 바라보게 되니 참으로 歲月은 덧없고 人生은 허망한 것임을 새삼 느끼게 한다. 새해를 맞이할 때 마다 淸新한 기쁨과 希望이 솟는 것보다 부질없이 흘러 보낸 과거에 대한 서글픈 悔恨과 빤히 바닥이 굽어다 보이는 앞날에 대한 니힐한 想念으로 마음은 한결 침울하고 쓸쓸해지는 것이다.

보람없이 어느덧 人生의 黃昏期에 서서 잿빛구름에 덮인 旅程의 餘白을 바라보는 心情의 荒凉한 들길에서 찬바람 불리 우는 日幕의 길손처럼 신산하고 落魂한 기분이다.

朝有紅顔誇世路

幕爲白骨朽郊原

이란 옛글도 있거니와 사람의 一生이란 참으로 부류의 生涯와 다를 것 없으며 人間의 榮枯盛義 포말浮雲과 같은 것이니 도시 모두 시시해서 본질적인 마음의 空虛感과 신생의 虛無感을 매꿀 수는 없는 것들이다 참으로

古人이 말하듯이 石火光中에 長短을 겨누고 牛角上에서 名利를 다툰들 얼마나 긴 人生이며 얼마나 되는 世界이냐 말이다.

이제는 사빈 숫불처럼 하얗게 식어버린 나의 情熱을 다시 타오르게 할 아무 것도 느껴지지 않고 사람들이 눈에 쌍심지를 켜고 葛求하는 모든 것들이 한낱 퇴색한 구름장처럼 關心外의 일이 되고 보니 무의미한 곤비속에 의접 할 아무 것도 없는 虛空中에 彷徨하는 永遠한 未決囚의 心情이다.

살아가는 것에 對한 不安과 살고 있는 것에 對한 無意味性 삶이란 生前과 죽음 사이세 끼어 있는 電光的인 안에의 幻像이며 그 幻의 세계에서 오직 動物的인 生命을 유지하기 위하여 一刻의 安定도 休息도 없이 마치 팽이처럼 바쁘게 돌아가야만 겨우 서있는 것이니 아무데에도 不變한 安定과 恒性은 찾을 수 없는 것이다. 삶의 本質인 不安과 變化와 爭鬪의 처참한 現實 속에서 헛되이 시달리고 지치고 밀려와 이제는 人生의 黃昏에서서 아무것에도 흥미를 잃고 모든 것의 價値를 認定하지 않고 모든 意慾을 喪失한 한낱 無氣力하고 放心한 人間 의 殘해에 지나지 않는 듯한 나 자신을 대할 때 어디에도 救援의 門과 立命의 주추를 찾을 수 없는 니힐과 폐시미즘의 수인이 되고 마는 것이다.

世上이 싫고 사람이 싫고 모든 것이 無常과 悲感의 對象으로만 觀照되는 요지막 나의 心境은 어쩌면 神經科的인 現象인지도 모르지만 실상 나는 이런 노을 낀 感性 속에서 얼빠진 사람처럼 自身의 存在를 괴로워하고 있는 것이다.

잠이 깨는 새벽녘이면 나는 이런저런 여러 가지 想念으로 분이 깎기우도록 오뇌 속에 몸부림친다. 항상 죽음은 내 옆에서 永遠한 安息과 平安을 마련하고 나를 손짓한다(계속).

전남매일신문, 1961. 1. 1.

黃昏의 思想 (하)

사는 것보다 죽음이 더 親近하고 살아있는 사람들 보다 이미 冥界에 든 사람들이 오히려 情답고 殘忍하고 騷亂한 거리나 단란 없는 家庭보다 山비탈 양지바른 호젓한 무덤들이 나의 故鄕인 것 같다.

아직도 죽을 힘은 남아있다는 自慰, 아직도 죽음이라는, 아무에게도 뺏기지 않을 황홀한 財産이 있다는 慰勞, 神들이 갖지 못하는 이 소중한 財産이 人間들에게만 賦與되어 있는 点에서 人間은 實로 神들보다 多幸하지 않은가 싶다.

나는 무엇 때문에 살고 있는가. 自問해 본다. 아무 대답이 없다. 또 무엇 때문에 죽지 않고 있는가 물어 본다. 오직 하나 그것은 제가 願해서 이 世上에 나온 것이 아닌—내가 責任져야할 가련한 어린것들 때문이다. 그것들 때문에 철저한 에고이스트가 되지 못하는 것이다. 오직 그뿐이다 내가 가장 마음의 苛責을 느끼는 일이 있다면 원하지도 않은 生命을 無責任하게 이 世上에 태어나게 했다는 그것이다. 나는 잠 못 이루는 외롭고 쓸쓸한 밤이면 살며시 곤히 잠든 어린것들의 손을 쥐어 본다. 무슨 뜨거운 것이 왈칵 쏟아져 나올 것 같은 애절하고 절박한 감정인 것이다. 참으로 이 어린것들에 대한 後顧의 우려가 없다면 금방이라도 永遠한 休息속에 즐거이 들어갈 수 있을 것 같고 이 처참하고 구속 많은 無意味한 世上과 싫은 人間들 사이에서 떠나 어느 누구도 모르게 묻혀 살다 한조각 구름이 스러지듯이 그렇게 스러지고 싶다.

生寄死歸라는 말이 있지만 살고 있는 것은 本態가 아니요, 죽음이야말로 故鄕으로 돌아가는 것이 아니겠는가.

생각해보면 싫은 世上, 싫은 人間들 사이에 끼어 老醜를 殘虐한 陋巷에 끌며 終息을 기다리는 비참한 쌂이란 참으로 견딜 수 없는 困辱이 아닐 수 없다. 人生이란 決코 어떠한 形態로든지 마지막까지 그 목숨을 끌고 가야 할만할 價値 있는 것도 아니요, 또 그럴 의무나 책임도 없는 것이다. 누구의 말처럼 世上에 태어나지 않는 이 第一의 幸福이요, 그 다음은 되도록 빨리 죽는 것이 다음 幸福인지 모른다.

나는 사람들에게 물어보고 싶다.

당신은 무엇 때문에 사오?

자네는 무엇 때문에 살고 있는가?

그러면 모두 無意味하게 지친 空虛한 가슴을 열고 조금은 정다워질는지 모르는 일이다.

전남매일신문, 1961. 1. 3.

久遠의 女人象

생각나는 女人에 대하여 재미있게 써달라는 編輯孃의 청탁이지만 별로 재미있는 이야기도 아니다.

나는 일본의 都市 中에서 京都를 가장 좋아한다. 傳統的인 日本 情緒가 넘쳐흐르기 때문이다. 계집애들의 그림 日산 가닥을 축느린 「오비」(帶) 현란한 意장의 긴 콩태 소매 가벼운 발걸음의 木履 금붕어 같은 추妓들 岐부쵸찌. 홍각格子, 上方 사투리 연체가명을 섞은 편지 글씨 목판화를 찍은 꽃봉투 서고식. 이런 것들이 「일본이다」하는 느낌과 어딘지 차분히 마음을 가라 앉혀주는 즐거움을 준다.

平山淸子(히라야미 · 기요꼬)라는 소女는 京都의 그런 傳統的인 家庭에 자라난 귀염둥이 맏딸이었다. 그는 日本女性의 모든 미점을 갖춘 그런 느낌의 女子였다.

한 번은 어느 雜誌에선가 내 글을 읽었다고 雜誌社에 주소를 照會해서 그녀는 내게 편지를 보내왔었다. 나는 무엇보다도 그 아름다운 筆蹟에 놀래버렸다. 戀體 가나를 섞어서 半草로 내려쓴 그 글씨는 물 흐르듯 부드럽고 아름다워 매끈하고 향기로운 하나의 藝術品이었다.

글씨는 그 사람을 나타낸다고 했지만 나는 그녀의 글씨에서 그녀가 얼마나 정숙하고 알씸있고 고운 높은 기품과 교양을 갖춘 女性인가를 直覺的으로 느꼈던 것이다. 글씨에 반한다면 우습지만 나는 사실 그녀의 글씨에 홀딱 반한 셈이었다.

우리의 오고가는 편지는 그 後 數年을 계속하여 數十通에 이르렀고 그녀가 보내온 사진도 數十枚에 달했었다.

그녀의 집안은 代代로 내려오는 서陣械의 古商으로 만幕을 친 홍穀格子의 안에서는 그의 오빠가 角帶를 두르고 店員을 지휘하는 것이었다.

그녀는 오래동안 肺를 앓고 있는 모양이었다. 學校時代에 너무 運動을 과도이 해서 健康을 상했다는 것이다. 그녀는 어머니 오빠 동생들 온 家族의 정성과 사랑과 귀여움 속에서 專屬看護員을 두고 젊은 青春을 눈부신 로맨스 하나 가져보지 못하고 쓸쓸한(?) 療養生活을 하고 있었다. 그런 病康에서 내게 書信만은 꾸준히 보내어왔고 家族들도 먼 조선 사람과의 빈번한 文通을 이제는 이상스럽게 여기 않게 되었다.

그녀는 편지할 때마다 마음을 써서 色다른 봉투와 色다른 편지를 썼다. 대개 木板으로 日本情緒가 넘치는 意장을 한 것 들이었다. 그녀는 그 家庭과 家族들의 사진이며 여러 가지 그곳 風俗 이야기도 적어 보냈다. 이렇게 해서 우리는 그가 세상을 떠날 때까지 數年을 두고 사귀어왔지만 한 번도 만나본 일은 없이 끝났다. 그러니까 그녀가 죽을 무렵이었던가 보다 얼마를 두고 편지가 없었다. 그녀는 자기의 病勢에 대해서 별로 적어 보내지 않아서 물어본 적도 없어서 나는 상당이 건강이 좋아진 것으로 알고 있었다.

그러던 어느 날 한 개의 커다란 小包와 두툼한 편지봉투가 왔다. 그것은 그녀를 시중하던 看護員이 그녀의 죽음과 그녀가 生前에 가장 좋아하던 遺品인 人形을 내게 보내준 것이었다.

나는 그 인형을—그것은 「大原女」가 바구니를 이고 단풍가지를 곁들여인 風俗人形이었다-오래두고 보다가 이사 가는 바람에 없어지고 말았다.

數十通의 편지도 다 태워버렸다.

예쁘고 상냥하게 생긴 그의 누이동생도 지금은 몇 남매의 어머니가 되어서 어디서 살고 있을 것이다. 주소마저 잊어 그의 가족에게 편지 한번 못낸 체 그녀에게 대한 애수는 물 흐르듯 가슴 속에 흐르고 있다.

전남매일신문, 1962. 4. 19.

湖南文學을 말하는 座談會

출석사: 張龍健, 朴洽, 李東柱, 林秉周, 孫철, 金海錫,
高文錫(미참), 昇志行(미참)
본사측: 白完基, 金顯承
때: 1951년 4월 16일
곳: 新文學史 編輯室

白: 바뿌신데도 不拘하시고 大端 感謝합니다. 여러 先生들이 모아주신 덕택으로 오늘은 新文學誕生을 위한 좋은 座談會가 될 줄 믿습니다. 변변치 못하나마 茶葉을 드시고 값은 좋은 이야기로 주십시오. (一同笑) 그러면 進行은 金先生에게 一任합니다.

金顯: 湖南文學의 기원부터 좀 이야기 합시다. 그런데 八 · 一五 解放以前에도 호남문학이라고 부를 수 있는 어떤 形態나 作品活動이 存在했던가요? 東柱兄이 잘 알겠지.

李: 木浦에『湖南評論』이란 우리말로 된 잡지가 있었읍니다.

박: 金哲鎭씨가 주간이었지.

金顯: 雜誌의 性格은

이: 文化綜合誌였다고 할 수 있지요.

金顯: 그러면 그 誌上을 通해서 무슨 作品活動들은 있었던가요?

李: 글세요. 羅千洙씨가 그밖에 몇 분들의 作品活動이 있기 하였읍니다만……

金顯: 그럼 嚴密한 意味에서 따지자면 어떤 組織的形態를 漠然이나마 갖춘 湖南文學의 起源은 赤是 解放爾後에서부터 이겠군요.

朴: 그렇지요. 論議의 對像은 赤是 解放爾後에서 求하는 것이 妥當할겝니다.

金顯: 그럼 解放爾後 最初로 일어난 文學活動은

李: 아따 이건 사뭇 취조식인데 (一同笑)

金顯: 誘導迅問이라도 좋고 그런데 湖南文學이라면 湖南文壇을 中心으로한 作家나 作品活動이겠지요. 말하자면 湖南出身의 작가로서 中央文壇에 進出한 文學活動은 論外의 對像이 아닐까요?

朴: 嚴密히 따지자면 그렇게 되겠지요. 그러나 모두 包含시켜 이야기합시다 그려.

李: 八·一五解放後 最初의 文學活動은 木浦에서 나온 同人誌『藝術文化』였지요.

金顯: 얼마동안이나 계속 되었던가요?

이: 근 一年間에 四號쯤 냈지요.

孫: 그러고 보면 언제든지 木浦가 앞섰구면 (一同笑)

李: 나도 처음엔 關係했으나 混亂한 틈에 信念이나 方向도 없이 덮어놓고 내어본데 不過하지 그 후 뿔뿔이 헤어지고 말었지요.

朴: 그 後는

李: 秉周氏가 그것을『湖南文化』로 改題해서 한동안 내다가 또 그 後身이 金南中씨 發刊의『湖南公論』이 되었지요.

朴:『湖南文化』赤是 一種의 文化綜合誌였지요. 創刊號에 小說이 세편 詩가 너댓篇 그런 程度로

金海: 創刊號가 終刊號가 되고 말았지.

金顯: 그럼 그 무렵 月刊新聞을 통한 文學作品活動은 어땠어요?

林: 「湖南新聞」에 沈崧씨의 『青春永遠』이 실렸더랬지.

朴: 참 그 沈氏가 언제쩍 분이던가요?

金海: 『新東亞』에 連載된 『血淚錄』의 作者지요.

金顯: 아 그런가요.

金海: 그 당시 新東亞의 編輯責任이 鷺山이었는데 그 因緣으로 『青春永遠』으로 改題해서 호남新聞에 싣게 되고 『新天地』에서는 같은 作品을 『哀生琴』이란 제목으로 실렸지요.

朴: 우리 文壇에선 特殊한 作家입니다. 이다음 『新文學』에는 꼭 그분 작품을 실립시다.

金顯: 그 밖에 다른 분들의 作品은?

孫: 어디 이렇다할만한 作品이 있었나요. 『湖南公論』에 실린 병주씨의 『凋落』이 좀 남을까.

李: 비교적 好評입니다.

朴: 『多島海』도 형편없었고 『젊은이』는 어땠어요? (『젊은이』 發行者이었던 白氏를 바라보며)

白: (웃고만 있다)

金海: 責任지서야지. 『多島海』도 趣旨나 熱意는 좋았지만 赤是 失敗했지요.

李: 통털어 지금까지는 地方文學青年들의 習作期間으로 밖에 評價할 수 없어요. 習作이란 一生을 계속하는 거지만.

林: 재작년 겨울인가 「湖南신문」에서 단편소설 리레—가 있었지요?

孫: 그야 「全南신문」에도 있었지.

朴: 그 멤버—는 누구였던가요?

李: 그때 말 들으니까 才操들이 非常해서 詩도 썼다, 小說도 썼다, 두루치기였루먼.

金顯: 輕薄한 짓이요. 新聞紙上에 자기의 이름이 오른다는 쓸데없는 英雄心理에서 所謂詩人들이 얼토당토않은 小說을 휘두른다는 것은 작난 밖에 아모 것도 아닙니다. 우리 光州에서만 볼 수 있는 창피한 작난이지요.

朴: 도대체 리레―니 뭐니해야 作品이 남어야지. 동광에서도 詩리레―를 했지.

白: 그럼 湖南文學에 對한 文獻뒤짐은 이쯤하고 現狀에 對하여 이야기합시다. 그런데 湖南的인 鄕土文學이라고 할까 그런 特色있는 作家가 있었나요?

金顯: 湖南的인 鄕土美를 풍기는 作品이란 말이지?

朴: 있다면야 東柱兄 程度겠지.

金顯: 東柱氏 作品이 鄕土的이긴하나 유달리 湖南的인 건 없지 永郞氏의 抒情은?

朴: 그 赤是 湖南的인 抒情만은 아니겠지요.

金海: 어떠튼 貧弱한 地方文壇에서 顯承氏같은 先輩가 그대로 계셨다는 것은 後進으로선 노여운 일입니다.

金顯: 원체 그럴 力量도 없거니와 한동안 文學을 斷念했었으니까요. 六·二五 事變 후 우리가 文總全南支部를 結成했다는 事實은 今後 湖南文學運動에 본격적인 基礎를 닦아놓았다고 할 수 있을 겁니다. 호남文學의 出發은 이제부터라고 보는데.

朴: 그렇지요 이제부터 事變後도 只今까진 壁詩運動에 不過했지. 그리고 文總救國隊를 通한 文學分野의 活動이 壁詩運動에 그친 原因도 赤是 財政問題에 있다고 봅니다. 우리의 文學運動이 活潑히 展開되려면 赤是 同人誌같은 純粹한 의미의 活動舞臺가 있어야 되지요.

孫: 그런 意味에서 文化事業家의 功勞란 文學作家에 못지않게 크다고 할 수 있지요.

朴: 광주에는 누굴 들 수 있을까? 金南中, 白完基씨 또……

李: 그런 분들이지 모두 地方文化運動에 좋은 伴여들이라고 할 수 있지.

朴: 木浦 『갈매기』를 조상에 올려볼까 (이때 張龍建氏 參席)

張: 늦어서 미안합니다. 오늘 마침 교수회의가 있어서

金顯: 座席이 어쩨 한구룽이 빈 것 같더니 마치 잘 오셨오. 자 湖南文學의 과거에 對해서 한 마디.

張: 솔직히 난 모릅니다. 過去는 전연 모릅니다. (一同笑)(고습도치 수염에 平安道사투리로)

金海: 『갈매기』는 綜合誌치군 文學作品을 꽤 많이 실리는 편이죠?

朴: 海軍機關紙로서 그만큼 文學을 理解해 준다는 것은 놀랄만한 일입니다.

孫: 그러치요. 그 功은 크다 할 수 있지요.

金顯: 『갈매기』는 웬 女流文人이 그리 많은고?

孫: 그건 조희관先生 功勞가 크지(一同爆笑) 그분이 元來 敎育者니까 女流文人이 너무 없어 길러보자는 意圖겠지.

張: 내 느낌은 地方이란 핸디캪을 갖고 또 女流란 特殊性을 인정한다 치드래도 너무 無鑑査的인 것 같아.

金顯: 鑑査는 누가하오?

張: 文學의 尊嚴性이 하지 엄밀한 의미에서 볼 때 作者가 女性이라는特殊性이 지나치게 認定한 것 같아 習作期도 못지난 水準以下의 作品들을 너무 떠 바뜬다는 것은 그 作家 自身의 前途를 망쳐주는 同時에 「아마추어」적인 「띠레탄티즘」을 文壇에 導入하는 危險한 짓이 아닐까?

朴: 그야 그런 非도 없지는 않지. 그러나 忠告에는 꽤 忠實하려는 態度

들인것 같던데.

李: 그건 그래요.

孫: 批評도 한 개의 激勵니까.

朴: 하였든『갈매기』에서 규수문원을 계속하는 건 무슨 굳은 信念이 있어하는 것 아닙니까?

金顯: 女流건 新人이거 누구건 作品만 훌륭하면 그만입니다. 아니 多少 遜色있는 作品일지라도 그 文學을 硏찬하는 態度가 眞摯하고 熱意가 있다면 登用의 機會를 주어도 무방하겠지요. 다만 우리가 경계할 点은 공부도 하지 않고 女流니 무에니 하는 特殊條件을 가지고 文學을 한 개의 交際平段으로 利用하려는 傾向들입니다. 이런 弊端을 防止하기 위애서는 文學少女나 文學靑年들에 대한 文壇의 權威를 엄격하게 갖추어야 하리라고 믿습니다.

李: 그 点에 있어서는 金先生이 平素에도 가장 엄격하지요.

金顯: 그것은 내 自身의 嚴格이 아니라 文學自體가 하는 일이지요. (一同笑)

金海:『갈매기』의 作品들은 어쨔요

張: 없어…… 評論을 빼면 李佳형氏의「性善說」程度나

李: 張先生 같은 戲曲家의 立場에서「별은 밤마다」는 어때요?

張: 글쎄요. 그저 車凡錫씨 같은 眞摯한 演劇學徒가 있다는 事實만을 尊敬할뿐이지요.

李: 오늘은 張先生 사양이 大端하신데……

朴: 내가 보기엔 田柄淳氏의 콩트「원통한 이야기」가 콩트가 아니요. 短편으로서 무던히 되었다고 보는데

孫: 내 생각엔 콩트로서 成功한 作品은 하나도 없어.

李: 推薦詩는 어때요?

朴: 詩 自體가 어떠냐는 것보다도 그 詩를 取扱하는 雜誌의 態度가 어떠냐는 거지.

李: 그렇지. 추천할 수 있을까요?

張: 글세요.

李: (孫氏를 보며) 여보당신의 「장타령」도 굉장히 팔립데다. 放送을 다 하고 뭐가 그리 有名한지(一同笑) 張先生의 作品平을 꼭 듣고 싶은데

張: 난 워낙 險口가 돼서 욕을 먹거든.

朴: 『갈매기』에 실리는 作品은 制約을 받는 感이 있두먼. 좀 開放할 수 없을가?

孫: 徐徐히 되겠지.

李: 政訓室長이 무던한 분입데다. 좋도록 될 겝니다.

朴: 아무튼 같은 同志的立場에서 앞으로도 될 수 있는 限 서로 도아나가야지.

金顯: 朴先生은 꽤 『갈매기」에 秋波를 보내는 군. 아주 의식적인 발언만 하는데

朴: 거참 어굴한데 여보 李兄 그 말도 쓰시오.

李: 朴先生 忠誠이 아주 무던하지. (一同笑)

林: 杞憂겠지만 『新文學』과 對立이 없을까?

朴: 없지.

孫: 다 같은 우리 일이니까.

金顯: 두 곳 다 文學活動에 필요한 舞臺지요.

李: 至當한 말씀이오.

金顯: 話題를 좀 바꿉시다. 난 이러케 생각해요. 난 戰時에 있어서도 純粹文學의 必要를 主張하는 사람이지만 同時에 戰鬪文學에 對한 民族陣營의 貧弱性을 痛感합니다. 六 · 二五事 變後 『文藝』 전시판에 毛윤淑氏나

柳致環씨의 戰爭에 關한 詩편이 실린 것은 압니다마는 一般的으로 事變前後를通하여 우리는 敵과의 對決狀態乃至 戰鬪態勢에 있으면서도 民族陣營文人들의 詩나 創作은 대개는 戰鬪現實과는 別로이 關係없는 作品들이었다고 봅니다.

張: 우선 概念인데 戰鬪文學이라니 오직 하나뿐인 純粹한 文學精神以外에 따로 한 개의 目的文學으로서의 戰鬪文學이 있어야 한단 말이지요?

金顯: 文學의 二元論을 主唱하는 意味에서의 戰鬪文學의 새로운 創造가 아니라 取材의 對象에서 하는 말이오. 이를테면 鄕土文學이라 第二次大戰때 佛蘭西의 抗拒文學을 云謂할 수 있는 것처럼 그러한 概念으로서의 戰鬪文學말이외다. 다시 말하면 적어도 戰爭이 完遂되는 동안까지는 우리가 다루는 詩나 小說의 題材도 꽃이나 달보다는 총과 칼과 定意와 憎惡心에 두거야겠다는 말이지.

장: 그야 素材만을 두고 하는 얘기람 새삼스러이 말할 것도 없겠지.

金顯: 아니 그건 그러케 단순히 생각해버릴 문제는 아니라고 생각해요. 그 점에 있어서는 나는 우리 民族陣營의 作家들은 너무 自由主義的이었고 너무 平和的이었다고 보아요. 民族의 끓는 피와 突進을 노래할 段階에 있으면서도 오히려 사슴과 靑山을 노래한 허물이 없지 않지요. 그러나 나는 지금은 그러한 餘裕는 가질래야 가질 수 없는 때라고 생각합니다.

張: 全然同感입니다. 그러나 자칫하면 誤解받을 수 있는 대목이 없지 않지요. 첫째 지금 사슴과 靑山을 노래하지 말고 民族의 피와 突進을 그리자고 했지만 그것은 어데까지나 一元的인 「리알리티」를 追求하는 眞正한 文學精神에서 우러나온 거라야 한다고 생각합니다. 왜냐하면 가령 우리가 赤色文學을 排擊하는 理由의 한 가지는 그것이 反民族的이라는 点以外에 文學의 自律性을 否認하는 하나의 公利的 目的文學이기 때문일 것입니다.

朴: 그렇지요. 文學人으로선 오히려 그 点에 더 많은 憎惡를 느끼지요.

張: 그렇다면 우리가 해야 할 戰鬪文學이란 것은 決코 皮相的인 目的文學이 아니라 그야말로 民族的 良心과 眞實이 高度한 創作精神에 까지 昇華되여 이것이 必然的으로 民族의 現實을 直視하고 그 속에서 民族의 正義와 眞理를 그려낼 수 있는 다시 말하자면 創作의 「모티부」가 赤示 안에서 나온거래야 할 게 아닐까요?

金顯: 勿論 그야 따질 必要조차 없는 일이지요. 要컨대 어떻게 料理하느냐에 問題가 있는 것이 아니라 무엇을 追求해야하는가 卽 民族 외 指向을 直視해야한다는 그런 말이지요. 나는 常識을 말하는 것뿐인데 張先生은 너무 理論으로 따지려는군.

朴: 그야 大學教授니까 (一同笑) 아무튼 金先生 말씀하시는 意圖는 잘 알겠고, 또 必要도 합니다만 그건 어디까지나 張先生 말과 같이 純粹文學과 「竝行」해서 戰爭時이니까 意識的으로 따로 만들어내는 二元論的인 目的文學이 아니라 우리의 文學精神이 戰爭이란 現實에 부디쳐 스스로 發火하는 文學作品이어야 할 것입니다.

金顯: 글세 나보기는 스스로 發火하는 傾向이 적으니까 하는 말 아니요.

張: 그럼 그건 그렇고, 우리 호南文人들도 湖南地方에만 作品活動을 局限할 것 아니라 좀더 進出을 해야 할텐데.

朴: 그건 當然히 그래야지요.

金海: 그러나 사실인즉 어렵지…… 않을까?

李: 그 理由는

朴: 첫째는 力量들이 문제이고 그러나 반드시 역량만을 가지고 進出이 容易한 것은 아니니까.

孫: 대개는 모두 洞窟의 偶像들이지. 熱心이 공부를 해야지 뚜렷한 作品만 있으면야.

李: 地方文人의 不利한 핸디캬프를 克復하려면 피나는 努力이 있어야지. 小成에 滿足했다간 안되지.

朴: 첫째 力量不足 둘째 後輩를 이끌어 줄만한 先輩가 호南出身으로 稀少하였던 것, 셋째 계속된 集團的인 文學運動이 없었던 것, 鄕黨心이 적은 것, 이런 것들이 中央進出 不振의 要因들이닐까.

孫: 文學이 賣名의 道具가 아닐바에야 地方에서 作品 몇 개 發表하고는 大家然해온 態度가 結局 그 사람들의 自殺行爲가 아니었던가.

張: 그것은 쩌너리즘의 罪도 크지. 아까도 말했지만 一定한 權威를 세우지 않고 무턱대고 서투른 作文같은 것을 실어주니 直接으론 그當者들을 그릇되게 만드는 동시에 間接으론 多少나마 力量있는 사람들을 書齋에 처박게 만든 傾向이 없지 않었지.

李: 앞으로는 日刊新聞의 文化欄만은 어떻게나 文學人에게 맡겨야겠습니다. 그렇지 않은즉 理解가 없고 眼目도 얕고—

張: 글세 어느 新聞에 우리나라 通俗映畵評이 실렸는데 무슨 데칼트가 나오구 루쏘—가 튕기쳐 나오니 이거야 言語道斷도 분수가 있어야지.

林: 新聞社機構가 여간 복잡합니다. 어디 文化面 편집을 文化部에서 책임지고 일할 수 있게 되어있어야지.

金顯: 내 見解로는 어느 地方도 그렇겠지만 호남文學의 今後活動도 決코 쩌나리쯤에만 依存해서는 안됩니다. 우리 文學人들의 주머니를 털어 내서라도 자그마한 同人誌 하나쯤 가져야합니다. 앞으로 우리의 文學活路는 이길 하나밖에 없습니다. 日刊신문이나 綜合雜誌를 作品原動의 舞臺로 求한다는 것은 애당초 文學人들의 잘못입니다.

李: 딴전을 보는 말이나 같은 地方文단이라도 嶺南은 부럽습디다. 그 문둥이의 뜻뜻한 體溫이 있거든. 그런데 전라도 개땅쇠는 中央에 이름이 좀 나도 고향을 숨기고 혼자서 英雄이 다 되어버리거든. 後輩는 先輩를 아끼고 따러야하고 先輩는 따뜻한 맛이 있어야 하는데 쌀쌀한 사람과 건방

진 놈들이 무슨 큰 그릇이 되겠어요.

張: 그런대 참 우스운건 過去에 斷片的이나마 그만큼 나왔던 雜誌나 日간新聞을 통해서 直接培養된 作家란 도무지 없거든.

朴: 培養될 턱이 있겠오. 雜誌마다 우선 壽命이 짧으니 거기서 무슨 結實을 볼 수 있겠오. 雜誌의 生命은 무엇보다 꾸준한 것이야.

金현: 또 다른 이유로는 우리나라 文단은 아직도 中央集權制가 되어서 좀 野心있는 사람들은 地方文단 따윈 相對도 하지 않고 中央으로 直行하고 말거든.

金海: 그런데 현承先生은 언제부터 쓰셨나요.

張: 起林先生보다 若干 뒤에 나온 程度 아닌가.

李: 그건 호남에선 내가 제일 먼저 알거야. 옛날 『朝鮮文壇』이란 잡지에서 보왔으니까.

林: 난 백철씨가 지은 『朝鮮新文學思潮史』를 보고 알았지.

金현: 骨董品이야기는 그만저만 들처내시오. 오직 못낫스면 詩를 쓴지 十五年이 훨씬 넘는데 詩集 한 권 못냈겠오. 허기야 쭉 계속하지 못한 때문이지만.

朴: (웃으면서)언제든가 文藝社에서 東里氏가 顯承氏를 아느냐고 하기에 잘 모른다고 했더니 경력이 꽤 오랜 분인데 중간에 붓을 놓았다 요지음 다시 활동하시겠다고 올라 오셨더라고 하면서 全南서는 시를 쓰는 사람이 永郎과 自己뿐이라고 하시더라고 웃던데!

金顯: 내가 언제 그런 말 한 일없는데(어물어물)(一同笑)

金海: 앞으로는 시를 안 노실 작정시이오?

金顯: 글세 건강이 허락하는 限은

白: 『新文學』에 대한 이야기를 좀

朴: 꾸준히만 나가면 반드시 所得이 있을 겁니다.

金顯: 지금까지 나온 雜誌들이 단명한 理由는 대개 무엇일까?

張: 뻔한거지. 刊行人의 無企劃性 讀者層의 貧弱 局限된 市場 이런 것들이 主因이 되겠지.

白: 『新文學』은 내 一生의 文化事業으로 계속할 작정입니다.

朴: 꾸준히 계속하는 가운데 그 土臺 위에서 새로운 싹이 많이 나올 겝니다.

孫: 꾸준히만 한다면야.

金顯: 그런데 過去에 地方에선 통 稿料를 주지 않더군요. 지게꾼에게 짐싹은 줄줄 알면서도 作品活動 亦示 一種의 精神勞動이 아닌가요. (一同笑)

張: 옳은 말씀이오. 허지만 여직까지야 實인즉 稿料 낼만한 作品들이나 있었나. 글세 文科學生의 習作에도 따를 수 없는 作品들이 많다니까.

李: 廣告料 내고 실리라는 사람이나 그걸 실리지 못해 哀걸復걸 하는 사람이나 다 같지.

朴: 지금까진 실어주는 걸 오히려 큰 생색으로 알지 않았서요. 남의 글을 받을 때는 原稿料를 支拂하고 그와 反對로 稿料를 받을려면 그만한 力作을 내놓아야지 双方이 함께 반성한 問題야.

孫: 이것 저것 다 自己에 有利한 일이니까.

金顯: 그러면 끝으로 『新文學』에 대한 여러 同志들의 要望이 있으면 듣기로 하고 이 모임은 끝맺겠습니다.

朴: 꾸준이 계속할 것, 作品水準을 높일 것, 이것이면 다 아뇨?

金顯: 그러면 지루하신데도 不拘하고 여러 同志들 좋은 이야기 많이 하여주셔서 감사합니다.

신문학 창간호, 1951. 6.

더욱 豊盛해질 新春文壇

中央重鎭과 在光文人과의 文學座談

주최: 全南日報社

中央文人團側: 朴鍾和(藝術院長), 金東里(作家), 吳永壽(作家), 孫素熙(作家), 韓末淑(作家), 金良洙(評論家), 千祥炳(評論家), 尹炳魯(評論家)

在光文人側: 金顯承(詩人), 張龍健(劇作家), 朴洽(詩人), 許演(詩人)

本社側: 金南中(社長), 李元基(編輯局次長), 李海東(文化部長)

司會: 李編輯局次長

때: 舊臘 十六日

곳: 오두막 二層

本社社長 人事말씀

名實共히 韓國을 대표한 文學家 여러 先生님들을 한자리에 모시게 되니 榮光스러운 마음이 들며 韓國文壇이 필시 光州에 移動된 感이 없지 않습니다. 여러분께서는 앞으로 文學의 씨를 이 地方에도 홈빽 뿌려주셔야 하겠으며 뿌려놓은 이 씨가 將次 싹이 트고 잘 돋아지도록 힘껏 뒷받침해 주셔야 하겠습니다. 이러한 뜻에서 民族文學의 進路를 비롯하여 地方文

學의 大衆化에 關해서 말씀해주신다면 감사하겠습니다. 또한 只今 우리의 文壇實情을 照감하면 하나의 派벌이 없지 않은 것 같은데 이것은 現下 모든「이데오로기」自体가 紛爭으로부터 平和에의 길로 止揚하고 있음에 鑑하여 派벌的 文壇의 低氣壓도 一掃되어야 할 것이며 世界思조에 隨伴하는 모든 要素를 逸脫시키는데 努力하지 않으면 平和가 깃들기 어렵지 않을가 생각되는 것입니다. 그러고 過去의 우리 文學이 新文學 以後 來 現今까지 安定된 範疇 속에 스며들지 못하였다고 보는데 앞으로는 다 같이 韓國文學의 明確한 範주를 形成시키는데 苦心하여야 하겠으며 韓國文學의 純潔性에 結付시키며 나아가서는 이를 더욱 純化시켜 世界性으로 指向하는데 도움이 될 만한 말씀을 들려주시어 一層 地方文學育成에 되도록 刺戟하여 주셨으면 합니다.

朴鍾和氏: 오늘 貴社에서 絶好의 機會를 마련해주신데 謝儀를 表하며 나는 恒時 서울에 있으면서도 地方文學에 對한 地方人士들의 좋은 作品을 많이 읽은바 있습니다. 다만 좋은 機會가 없어서 地方文人들과 對談하고 싶었었는데 이제 한자리에 모이게 됨을 기쁘게 생각합니다. 아까 社長님께서 中央文壇과 地方文壇의 發展面에 어떤 커다란 差異点이나 있는 듯이 指摘하셨지만 過去의 文壇의 活動狀況을 回顧할진데 불과 三四十年에 限하였다고 하겠지만 그동안 文壇에서 活躍하신 분들은 大概가 地方出身들이 많았으며 그 實例로서는 여기 朴龍喆氏를 비롯하여 金永郞氏等의 詩人들이 족出하고 있다는 事實입니다.

司會: 우리 文學界에 있어서 反省하여야 할 점을 指摘들 해주십시오.

朴鍾和氏: 反省資料로서 方今 金社長이 말씀한데로 文단에 있어서의 一個의 派벌이 擡頭된 것이라든지 現代의 文壇關係者로부터 이루어진 一時的 갈등을 純化시킬 수 없느냐고 말씀하신 것 같은데 구태어 우리 文壇에 二 · 三 人間의 個人感情을 가지고 派閥이라고까지 부치고 싶지 않아요…… 아까 말씀하신 意圖는 韓國文協과 文總을 지적하신 것 같은데……

金社長: 金先生님 그것이 아닙니다……(笑)

金東里氏: 設問은 中央文壇的인 反省이 아니라 文學的인 反省이지요.

司會: 네 그렇습니다.

朴鍾和氏: 우리 文學의 姿態가 確實한 터전 위에서 있지 않다고 斷言할 程度인데 過去를 본다고 할지라도 崔南善先生으로부터 一九一八年을 經由할 新文學運動이 活潑하여지고 春園의 活動期를 넘어서 現代까지 三·四十年間의 經路를 밟아온 것인데 그동안 우리 文學에 어떤 뚜렷한 姿態를 찾아볼 수 없는 것이고 現今 亦是 現代文學이라고 自稱하는 것도 外國先朝文學의 模방 以上의 것이 없다고 봅니다. 앞으로 우리가 훌륭한 文學을 몸소 이룩하는 데는 于先 眞正한 自我의 認識에 있는 것이며 이를 爲한 敎育에 注力하지 않으면 안 될 것입니다. 나 亦是 나를 안다는 敎育을 덜 받았어요. 어떤 文學을 莫論하고 나를 發見하여 自我의 精神 속에서 實質的으로 울어 나온 것이 反映되고 生産되어야만 文學과 全人類社會에 이바지하는 近代로 通할 수 있다고 보는데 다만 外國文學의 模倣程度로써 現代文學을 한단 셈 치는 것은 좀 웃읍지 않을까요? 美術 亦是 文學과 마찬가지로 外國美術을 그대로 模倣하여 現代美術인양 하지 말고 東洋의 固有한 魂을 表現하여야만 價値있다고 보며 이러한 것일수록 外國사람들의 더 많은 好評을 받고 있는 것이지요…… 이러한 것들은 모두 文學에도 通하는 理論이겠지만 우리의 固有한 얼을 박아 넣은 民族文學의 基本姿態를 이룩하는데 努力한다면 今後 半世紀 或은 一世紀 後엔 韓國文學이 훌륭한 發展을 보게 될 것으로 믿습니다.

司會: 朴先生님께서 民族文學에 대해서 좋은 말씀을 하셨는데 더 나아가서 이의 世界性에 대해서 金東里先生으로부터 말씀해 주셨으면 합니다.

金東里氏: 月灘 先生님이 말씀하신 原則에서 世界性에 關聯하여 말씀드리면 原來 新文學이라고 하는 「카테고리」를 말해서 歐羅巴人이 建設해놓은 現代文學을 말하는 것이며 東洋文學印度文學 希臘文學等에 각각 「카테고리」를 이루는 文學이 있듯이 西歐文學 赤是 近代西歐文明을 이룩한 個人主義的 資本主義 生活樣相이 反映된 「이데오로기」라고 보는 것이 중요한 原則인 것입니다. 그럼에도 不拘하고 우리 文學을 回顧하면 不過 一 · 二十年 成熟하여 온 西歐文學의 온갖 主義가 洪水같이 밀려들어 自然主義니 寫實主義니 퇴廢主義니 等等 混雜上을 자아내었던 것이며 西歐人들의 個人主義的 資本主義 生活狀態를 背景으로 한 現代文學에 反하여 우리 文學은 충분한 個人主義의 原動인 自我性의 覺醒없이 단번에 이들 文學思조를 輸入한데서 成熟치 못한 病弊가 있을 것입니다. 例示하면 우리 文學의 世界性에 通하는 길이란 文學方法에 있어서의 「스타일」 面에 새로운 示範을 取하는 것이라고 보는 같으며 李상과 같은 사람의 詩를 본다면 大端히 첨端的인 感이 있는 것이며 一般 사람들도 現代文學에 通하는 길을 李상과 같이 첨端的인 것이 곧 世界文學의 水準에 재빨리 따라갈 수 있다는 보는 것이지만 나로선 그것이 틀렸다는 것이어요…… 그것은 그를 模방한 그 本源地에서는 그러한 스타일에 아주 질려버린 것이어요! 民族文學의 世界性에서 볼 때 우리 民族精神을 基초로 삼아 이를 더욱 健實化하여 思想面에서도 우리 固有한 東洋的 魂을 집어넣어서 이를 現代的으로 感情化 즉 文學化시킨다면 世界文學으로 나가는 正當한 「코 一쓰」가 아닐가 해요.

司會: 다음은 古典과 現代文學과의 關係에 對해서 韓末淑先生께서 말씀해 주십시오?

韓末숙氏: 네? 않 듣고 있었어요— (一同爆笑)

李海東氏: 時代的 感覺이 틀린다는 말씀이지요……(笑聲)

吳永壽氏: 저는 우리나라에 局限해서 말씀들이겠는데 우리 古典文學을 成就할 수 있는 量은 至極히 稀少하며 이것마저 極히 빈약하다고 생각합니다. 다만 앞으로 文學精神에 있어서 우리 民族이 지닌 固有한 精神을

恒時 새로운 意味에서 解釋하면서 우리 傳統을 길러내는데 主力하지 않으면 안 되겠습니다!

司會: 그러면 新聞小說의 文藝性을 말씀들 해주십시오.

金顯承氏: 우리나라 新聞連載小설 가운데 純수문예소설이 있을까요?

金良洙氏: 新聞이 大衆을 相對하는이 만큼 原則的으로 純粹性을 堅持하기 어렵지요. 물론 여기 月탄先生님의 連載小說 등은 純粹小說이라고도 하겠지만 一旦 新聞에 실리면 讀者들이 一般大衆이니 만큼 新聞小說이라는 性格으로 보아서 一種의 制限이 있지 않을 수 없는 것이며 第二位的인 오樂面도 全然無視 할 수 없다고 봅니다. 도대체 新聞小說을 純粹小說로 한다는 것은 처음부터 無理라고 생각합니다.

金東里氏: 新聞小說은 作家自身이 有名하고 全國的으로 보아서 나이도 들고 말하자면 名色 巨物級이 쓰며 나이 젊은 사람이 대개는 쓰지 않는다는 傾向이였고 나 같으면 藝術性이 몇 파센트 程度있느냐 하는 것보다도 作品結果가 잘 되었으나 않 되었느냐 하는 데에 있다고 봅니다.

司會: 다음은 同人誌運動의 文學的 意義에 대해 말씀해 주세요.

金東里氏: 그건 좀 빠르지 않아요? 그건 뒤로 미루ㅂ시다……

朴鍾和氏: 어떻습니까? 只今 通俗小說과 大衆小說에 대한 얘기가 나온 것 같는데 나도 長편小說을 쓰고 있는 사람이지만 新聞社에서나 雜誌社에서나 定評있는 小說을 連載하는데 注意해주지 않으면 않 될 것입니다. 例示하면 「쿠어바디스」나 못파ㅅ상의 작품들은 純粹文學이 아니라고 할 수 없지 않어요. 作品의 生命은 몇 百年을 내려가도 많은 讀者들과 親近할 수 있는 것이라야 할 것입니다. 或然 純粹小說을 읽는 사람이 極少數에 達한다고는 하겠지만 그러나 책을 들고 다닌다고 책을 읽는 것이 아니고 책店에 들렀어도 「타이틀」만 보고 表紙만 보는 例가 많은 것입니다(笑聲)

金東里氏: 「유―고」의 「레미제라블」같은 것을 우리는 通俗小說로 보는데 原産地인 佛蘭西에서는 純粹小說로 愛讀되고 있는 것입니다. 「앙드레 · 지—드」도 마찬가지겠지만 特히 「유—고」의 거이 모든 作品이 佛蘭西 處女들의 꽃다발 속에 안긴체 十九世紀와 二十世紀 後半期를 넘어서면서 까지도 愛讀되고 있는 것이며 今後도 그러할 것입니다. 特히 블란서의 「유—고」를 비롯 「모—팟상」 「후로베ㄹ」 「바ㄹ작크」 等 다같이 通俗性을 보이면서도 한便 몇百年을 가면서도 變하지 않은 것에 對하여서 우리가 뽀ㄴ받아야할 것입니다. 模방보다도 自己行身들의 固有性을 吸入시키는데 專心하여야 할 것으로 생각하며 現今 우리나라 通俗文學이 反省하여야 할 点입니다. 月灘先生의 말씀같이 作品을 選擇하는 데는 新聞社나 雜誌社側에서 愼重을 期해 주어야 할 것이며 二篇씀 小說을 連載하면서 一편은 大衆小說 일편은 純粹小說로 나누어 실어주었으면 쓰겠어요. 一편은 讀者를 위해서 쓰게 하고 一편은 慈善無料로써 文學을 위해서 하였으면 합니다.

朴鍾和氏: 東里兄에 大局적인 見地에서 反對합니다(笑聲……) 우리가 一九一九年 二○年頃에 文단에 [데뷰—]하여 活動할 그 무렵에는 純粹한 作品만 連載하였으며 讀者가 하나도 없어도 文學을 爲해서는 이를 가리지 않았어요. 當時 東亞日報나 朝鮮日報의 文藝欄에서는 純수文藝欄으로 充足되었으며 읽는 사람을 생각치 안했습니다. 漸次로 一般讀者의 敎養水準이 올라감으로써 어려운 純수小說도 날이 가면 漸次로 大衆化할 것입니다.

金東里氏: 그렇게 純수小說만으로 란을 채울라면 編輯局長과 業務局長과 싸움하느라고 일을 못 볼 것입니다. 決코 文단을 위해서 新聞社가 犧牲할 수가 없는 것 아니여요? 新聞社의 營業面과 한편은 慈善事業 셈치고 犧牲하는 文學面을 爲해서의 二편을 連載하는 것이 좋을 것입니다. 요즘의 讀者로서 어여쁜 女人이 웃옷을 벗었다 입었다 하는 대목이 있어야만 新聞部數가 붙을 程度인 것입니다(笑聲)

李海東氏: 新聞小說이란 佛蘭西나 英美에서는 볼 수 없는 것이 아니에요. 다만 日本에서 新聞小說이 發하여 生流行하였는데 結局 韓國實情으로 보아서 讀者獲得을 위한 營業政策上 할 수 없는 것 같아요.

朴洽氏: 月灘先生께서 歷史小說를 쓰시는 理由를 말씀하시지요.

朴鍾和氏: 倭政下에는 詩를 쓰고 싶어도 마음대로 되지 않아 小說로 옮아갔는데 八·一五 해방이 되자 다시 詩를 마음대로 써보자는 親구들도 있었으나 赤詩 小說이 주는 一般民衆에의 貢獻이 클 것이라고 보아 繼續 小說을 쓰고 있습니다. 歷史小설이라든지 戰爭小설이란 어떤 事件이 있다고 해서만이 써지는 것이 아니여요. 史料가 많이 있어야 하는 것이니 이것도 어려운 일입니다. 歷史小설은 또한 現代와 關聯性이 있는 것이어야 하며 이로써 一반民衆에게 어떠한 暗示를 주어서 그의 方向을 아르켜 주는데 意義가 크다고 봅니다.

李海東氏: 現代詩에 對한 反省이라고 할까 또는 二十代의 新世代로서의 詩感覺이라고 할가에 關해서 千祥炳氏께서 몇 마디 말씀해 주십시오.

千祥炳氏: 詩의 스타일에 있어서 西歐的인 것과 또 하나는 東洋的인 것인데 朴在森씨 김완식氏 李東柱氏, 李壽福氏 등을 東洋的인「스타일」이라고 할 수 있을 것이며 西歐的인 것이라고 할만한 분은 金丘庸씨, 宋욱氏 등이라고 볼 수 있는 것입니다. 東洋詩는 주로 서情詩의 系統이요 西歐시라면 表現形式에 重點을 두고 있습니다. 그런데 西歐的인 表現形式에 重點을 두고 있는 것을 現代的인 것이라고만 할 것이 아니라 在來的인 東洋的 傳統詩와 表現形式에 努力하여 用語의 使用에 苦心하는 現代的 詩와의 調和가 되어 가야 올바른 詩의 方向이 아닌가 생각합니다. 朴흡선생님은 詩의 視覺的 要素의 與否에 對해서 어떻게 생각하신지요?

朴鍾和氏*(박종화가 아니라 박흡): 過去의 詩는 音樂的인 것을 重要

---

* 朴洽氏의 오기.

한 要素의 하나로 보았는데 이제는 繪畫的인 要素를 重하게 여기고 있지 않습니까?

金東里氏: 現代의 詩를 볼 때 대개가 記述形式化 해가며 散文化 해가고 있는 것 같습니다. 과거의 詩는 情서的이고 音樂的이었던 것이고 散文的 「스타일」化 해가고 있는 것입니다. 우리나라에서는 金丘용 金春洋**씨가 특히 主知的인 傾向으로 나가고 있는데 앞으로 詩의 方向은 自己傳統과 自己民族의 情서를 살리면서 좀 더 現代的인 것을 調和시켜 가는데 있다고 봅니다.

金顯承氏: 詩를 쓰는 사람이 一生을 通하여 詩를 써 갈 때 늘 새로운 시험을 해 나가야지 그렇지 않으면 뒤떨어지고 말 것입니다.

金東里氏: 詩 얘기가 나와서 多幸인데 光州詩人이 韓國詩단에 많이 자리 잡고 있고 金顯承氏도 文단生活이 길고 優秀한 詩를 쓰고 계시며 이번 詩集 가운데의 어느 대목은 그 태－마의 常識的이고 平凡한데 比하여 詩句節은 너무나 「아카대티ㅋ카ㅋ」하며 마치 基督敎人的 詩로서 「뿌라운」의 宗敎시와 어덴지 相通된 点이 많은데 그 背後를 말씀해 주실 수 없어요?

金顯承氏: 저로서는 새로운 形式을 가져본 것입니다만 「뿌라운」과는 어떤 面에서 相通될른지 모르나 제가 基督敎信者라는데 있겠지요. 좀더 幅을 넓혀 보고자한 것이 하나의 動機였습니다. 過去한 때는 나도 모르게 「모다니스트」라는 말도 들어왔으니까 이것 亦是 宗敎詩를 쓰자고만 해서 쓰여진 것은 아니겠지요.

司會: 다음엔 文學에 있어서의 地方과 中央과의 關係와 推薦制에 대해서 말씀해 주셔야하겠는데 特히 地方과 中央의 문단적 差異点이라든지 中央의 推薦誌에 가까운 사람일수록 推薦이 빠르다는 사람들이 있는데

** 김춘수의 오기.

그에 關한 是非에 對해 말씀해 주십시오.

金東里氏: 大由***인가 全州에서 그런 推薦制에 關한 말씀을 한 곳이 있었습니다. 가령 자기가 젊었을 때 가르쳤던 弟子들 가운데 먼저 推薦當選되어 自己들은 낯부끄러워 推薦을 받는 길을 擇할 수 없으니 어떤 다른 方法을 講究해달라는 것이었는데 이런 面은 先後輩를 가리는 것이 一種의 「넌센스」이며 自己가 文學을 죽도록 한다는 所信을 삼는다면야 그러한 애매한 생각이 날 수 없으리라고 생각됩니다. 現代文學雜誌에서 내가 小說을 檢討推薦하였는데 過去보담 現在는 小說의 質도 올라갔으려니와 그 量도 더욱 폭주하여 最優秀作品을 골라내기는 퍽 힘든 일입니다.

朴鍾和氏: 나는 이렇게 생각합니다. 新人을 너무나 날造하고 있다고 그래서 나는 新人輩出의 權威를 위하여 서울에 있는 新聞社에서 一年에 한 번씩 新春文藝라든지 或은 해마다 두 번式 一定해놓고 應募者를 널리 求하여 當選시키면 보다 높은 水準에 오를 것 같어요.

吳永壽氏: 제가 現代文學誌를 編輯하고 있지만도 이에 對한 地方의 是是非非가 있으시면 參考 삼아 알아두어야 하겠으니 말씀해주십시오.

金東里氏: 現代 純粹文藝誌로서 二個가 나오고 있으며 現代文學誌가 万部 以上을 突破하여 記錄을 올리고 있는데 어떤 推薦者의 趣味에 맞는 作品을 걸려지면 더 結果가 나올 것이다 하는 이들도 있을 런지 모르나 文學하는 사람으로서는 누가 보든지 實力쯤을 「테스트」 할 수 있는 것이며 또한 한사람으로써 이를 單獨推薦하는 것이 아님을 생각할 때 그런 것에 기우할 必要가 없습니다. 어디까지나 情實에 左右될 수는 없는 것입니다.

許演氏: 推薦制에 있어서 情實問題에 對한 말씀들이 있었는데 그러한 問題를 憂慮한 남어지인지 作品을 많이 써서 보냈는데 통 行方을 모르겠다는 사람들이 있어요.

*** 대전(大田)의 오기.

金東里氏: 가만히 있어요. 제가 애기하겠어요.

吳永壽氏: 아 내가 얘기해드려야 하겠어요…… (笑聲)

朴鍾和氏: 光州라는 곳은 참으로 傳統에 빛나는 곳으로 자랑할 수 있다고 봅니다. 特히 全南에는 有名하신 先賢文人들께서 많이 계셨으며 尹孤山先生 丁松江先生, 임백호先生들은 참으로 훌융하신 분들이려이 모두가 地理的인 것에 影響도 없지 않을 것 같습니다. 丁茶山先生 亦是 海南 流配살이 十八,九年 間에 七十餘 권의 많은 書籍을 執筆하셨던 것이 全南이라고 생각됩니다. 더구나 民族的으로 잊을 수 없는 光州학생事件이라고 한다면 三 · 一運動으로부터 꼭 十年 後에 光州에서 일어났다는 것은 참으로 全南이라는 山水에도 關係된 것으로 보입니다.

金東里氏: 光州에는 時調나 詩에 있어서는 많은 有名한 詩人들을 내놓고 있는데 不幸히도 小說 陣이 좀 弱한 것 같습니다. 앞으로 特히 金顯承선생께 付託 말씀해야 할 것은 自身이 詩人이라서 모두 시人으로만 이끌으시려고 하지 마르시고 小說陣의 後배養成에도 注力해주서야 할 것입니다. 어디까지나 시를 通한 後에야만 小說을 쓰는 것이니 (笑聲)

金顯承氏: 東里兄은 시에서 失敗하여 小說로 왔지요 (笑聲)

(계속)

전남일보, 1958. 1. 1.

民族文學의 進路 — 本社主催 文學을 말하는 座談會

司會: 女流作家로서의 苦衷에 대해서 孫先生님 말씀해 주십시오.

孫素熙氏: 男性作家보다는 時間的으로 餘유가 덜하지만 그것도 經濟的 餘유에 억매여 있습니다. 乳母만 있으면 男子와 別로 作品活動하는데 拘애나 差이가 없기 때문입니다. 오직 女性으로서의 文學活動도 自己自

身에 이理해 해주느냐 안해주느냐 하는데도 많은 影響을 받습니다.

朴治氏: 韓末숙氏…… 教員生활과 작家生활과 어떻습디까?

韓末숙氏: 저는 뭐 因難한 点이 없었습니다. 終日토록 教편만 잡는 것이 아니고 適當히 學校일만 봐주고 作品쓰는데 主로 하고 있습니다. 學校일은 私生活의 形便上 나가는 것이니까요 (笑聲) 그러니까 精力을 適當히 합니다.

司會: 마지막으로 今年도 저물어 가는데 新春文壇의 展望에 對해서 말씀해 주십시오.

金東里氏: 只今 現代文學雜誌가 繼續 二年間 純文學誌로 나오고 있는데 一万部라는 數字를 突破하고 있을 만큼 해마다 文學하는 사람들이 많아진다는 것에 樂觀합니다. 現在 純文學誌가 두 개 發刊되고 있는 이 같은 順調로움이면 新年에는 한 三卷쯤은 純文學誌가 繼續될 것 같습니다. 純文學誌로서 一万部 以上 突破했다는 것은 우리 人口 比率로 보아서 굉壯한 것입니다. 이러한 好景氣로 나간다면 우리 民族文學의 展望은 더욱 發展할 段階라고 생각합니다. 明年이 重要한 時期라고 생각합니다.

司會: 젊은 世代의 新運動에 對해서 尹先生님 말씀해 주십시오.

尹炳魯氏: 저는 이제 近間 二 · 三年間 文壇은 豊年이었다고 말씀하신데 對하여 如何間 우리는 어디까지나 저抗的 精神과 自由意識 体系化에 精力을 기울여야 할 것이며 人類가 다 같이 追求하는 幸福에의 길로 우리의 精神面을 이끌고 가는 것이 重要한 課題가 아닌가 생각하며 이는 더욱 期待되는 바 큰 것이 있다고 봅니다.

사회: 大端히 날씨도 차우신데 감사합니다. 時間도 지루하셨을 것이니 이것으로 座談會를 끝이겠습니다.

전남일보, 1958. 1. 5.

부 록

정봉래, 落照의 詩人

–非命의 朴洽

詩人 朴洽은 落葉도 한잎 두잎 있을라는 昨今 非命의 黃혼에 지다 그 사람을 아는 모두가 非命의 죽음을 하리라고는 생각도 안했다. 벌써 나이로 하더라도 志立의 年輪이요 더구나 詩情과 感傷에 얽힌 世界에서 살아온 사람이라도 그처럼 非命을 최촉하리하고는 생각지 못 할 實情이라고도 생각된다. 나는 그의 非命과 함께 그러한 極惡의 決斷을 하기 前에 뜻을 아는 사람들에게 어떤 立場의 啓示라고 주었으면 좋은 意見도 나올 뻔 했을 것인데 하고 늦은 생각이나마 한다.

왜 그는 죽지 않았으면 안 되었을까. 죽은 그만이 그리고 주위의 몇 사람만이 그 悲痛의 人生 最後 遠近囚를 알고도 남을 것이다. 나는 지금 이 글을 쓰면서 그의 淡淡한 얼굴과 寬容과 詩에 『스프리』의 一貫性이 훤히 浮彫된다.

그와 나의 마지막 相面은 良洞에 있는 中央女高에서 무슨 일로 찾았을 때의 일이다. 그러니까 한 四個月 前

그는 나와 간단한 이야기를 끝내고 点心이나 하자면서 一高 뒤의 『왕왕

카페』에서 구湯을 즐기며 文壇論과 私生活의 꽃을 피었다. 이제 생각하니 나와는 最後의 相面날이었는데 나는 그도 모르고 다만 그의 情談을 즐겼다.

『鄭兄! 난 人生을 이제사 안 것 같애……』『아니 그게 무슨 말이요』하고 나는 슬머시 그의 事情있는 말을 했다는 것을 그가 非命을 하고난 오늘날 알게 되었다. 또한 앞서 그가 全南女高 앞에서 살 때 詩人 A氏와 訪問한 일이 있다.

그 때 우리 두 사람은 全南文壇『센타』를 위해서 彼此間 이야기나 나누자는 것이었다. 서로 이야기가 道文化常과 聯關해서 全南文壇에 對해서 말할 때 그는 沈着한 語調로『그 사람 아주 되지 못한 사람이여, 아니 나더러 詩人도 아니고 審査委員 資格도 없다고 해서 道廳審査席上에서 그와(K詩人) 한바탕 다투고 辭表를 던지고 나왔어 그는(K) 나에 對한 욕설(이것도 詩와 關聯해서)을 하지 않는가 그러면 그의 어느 詩作品에 日本詩人 西條某의 句節을 그대로 盜書한 일이 있는 위인이 나는 詩人이 아니고 自己는 詩人이라고 하니 이것, 名詩를 쓴다는…… 그 사람…… 詩作의『에스프리』가 왜 그런지 몰라……』그러기에 나는『아니 그러면 그것을 공개하면 어떠냐』고 이야기하니까『뭐 공개할 것 같지는 없지 그렇지만 그 사람이 끝까지 그런다면 증거가 있으니 그 때가서 한번보지……』하고 쓰디쓴 웃음을 짓고 있었다.

그 후 나는 몇 차례 그의 집을 찾았다. 그 집에는 그가 花草를 좋아하고 새도 좋아하여 가정 분위기가 도源境처럼 좋았기에 홀가분한 기분으로 찾기도 했으며 술도 좋아하므로 피차 가자 오자하면서 마시기도 했다.

어느 날은 나도 술값을 가져서『朴兄 한잔 합시다』하면서 그의 아이에게 술을 사가지고 오라해서 마셨다. 그때 보니 아이들만 있고 그의 夫人된 사람은 없는 것 같았다. 매우 집안이 적적히 보였다.

그 때 殷安基氏가 있었는데 그는 殷氏에게 나를 소개하는 것이었다. 우리는 그의 집을 나와 中央校옆 酒幕에서 再酒를 하였다. 그는 그 좌석에서 『鄭兄 xxx란 사람을 아오』 하고 묻는 것이다. 그래 나는 그 사람을 잘 아는 것은 없으나 안면은 있는 사람이라고 對答했다.

지금 생각해놓고 보니 xxx란 자가 煩惱를 가져오게 한 張本人이라는 것을 알았다. 나는 그 이상 그 자의 이야기를 꺼내지도 않았다. 結局 善意面이나 『모랄』面에서 볼 때 朴흡을 非命으로 몰아넣은 間接殺人시킨 無心한 하늘과 그에게 怨도 하고 그런 것이 아닌가 推理가 되었다.

그는 長時日 煩惱 끝에 그 길을 擇했다고 여러 말에 비추어 觀望되는데 나는 왜 그처럼 할 것도 없는 일인데 하고 애惜한 마음 다할 수 없다. 그는 나에게 恒常 激勵해주었다. 『文學도 좋지만 生活도 알아야 해……』 이러면서도 『鄭兄 술만 마시지 말고 작품도 써야지……』 하는 二律背反과 같은 말도 간혹 하였다.

이런 말도 그가 오직 詩人이기 때문에 할 수 있는 이야기이다. 詩人에게 自살이 必要하지도 않을 것이다. 自살하기에 앞서 삶과 愛情을 戰取할 생각을 갖지 못했을까 나대로 생각도 해본다. 아무ㅎ든 이 나라 詩壇의 重鎭을 잃은 것이 그의 悲劇과 不幸을 自招한 過因을 생각하며 나의 일처럼 슬프기 한이 없다. 나는 여기서 그의 珠玉같은 작품에 對한 詩評은 後日을 기해서 다시 鑑賞을 나눌 때가 있을 것으로 안다.

전남매일신문, 1962. 10. 24.

이수복, 朴洽씨가 自殺하기까지

作故한 詩人 朴洽氏에 對하여 나는 아는 바가 별로 없다. 氏와는 한 都市에서 十年이 넘도록 살아왔고 文學(詩)한다는 點에서 서로의 關心이 같았다면 같았으며, 더군다나 같은 職場(光州西中學校)에서 近 一年토록이나 함께 일한 적까지 있으니, 얼핏 나에게는 氏에 關한 애기 거리라도 있을 상 싶으겠지만 사실인즉 正反對이다. 그러나 나는 여기서 故人을 回顧하는 回顧文을 쓰기보다 故人을 알기에 좋은 條件 아래 있었으면서 어쩌면 故人에 對하여 조금도 모르고서 지내 왔는가 하는 辨明이랄까를 적어 보려 한다.

故人은 故鄕이 全南 長城. 解放 前까지는 全南 靈光 郡廳에 있었다 하고 解放 後는 서울 淑明女子大學 教授로 就任하고 있다가 六二五 얼마 전에 女流詩人 李石峯氏와 함께 다시 全羅道로 내려 와 光州西中學校에다 職을 두고서 詩作에 專心하는 한편 朝鮮大學에도 한때 講座를 맡고 나갔으며, 作故하기 直前까지는 光州中央女子中學校에서 總務課長 일을 보아 왔었다. 그리고 『現代文學』과 『自由文學』誌를 舞臺로 作品活動을 해 오면서 『詩精神』, 『新文學』, 『學生文藝』, 『갈매기』 등 文藝誌 및 綜合誌의 編輯人 혹은 同人으로서 이 地方 文學의 育成發展을 위해서도 氏는 많은 活躍을 했었다. 이것이 故人의 社會的 教育的 및 文壇的 經歷의 얼추이다.

내가 故 朴洽氏와, 그러니까 마지막으로 만난 것이 昨年 十二月이었던가 今年 新正께의 일이었는듯 싶다. 그 후 한 두 차례 전화연락은 있었으나 다시 만나지는 못했다. 그리고 내가 光州西中서 다른 學校로 바뀌 나온 지가 千九百五十一年 十二月 初旬께였는데, 西中을 그만둔 뒤 十餘年於間을 두고 氏와 直接 面對하고 만난 횟수란 都合 十回 內外에 불과하다. 朴洽氏가 중간에 身病(高血壓과 糖尿病이었다한다)의 再發로 因해 이곳 大學病院에 入院 中에 있을 때에 두 차롄가 問病次 찾아 봤던 일과, 그 後 退院하고 집에서 靜養하고 있을 때에 서울 金東里氏로부터 朴洽氏에게 手交토록 부쳐 온 册子를 傳해 주려고 氏 自宅으로 찾아 갔던 일 等이 氏가 돌아 간 오늘에 와서 유독 腦裏에 뚜렷하다.

光州西中 在職時, 氏는 많이 學校에가 안 있었다. 번번이 보면 씨의 자리는 椅子가 테블 밑으로 바짝 다붙여 넣어진 채 비어 있곤 했다. 大學에 아니면 文總(당시 그는 文總救國隊 무슨 責任者였다)事務所에 나가 있겠거니, 하고 막연히 나는 推測하곤 했다.

나는 朴洽氏를 만나 보기 전에 朴洽氏의 이름을 먼저 記憶하고 있었다. 木浦서 나온 雜誌 『갈매기』에서 처음 氏의 이름을 對했던 것이다. 그리고 朴洽은 氏의 雅號이고 『朴曾求』가 본 이름이라는 것은 좀 나중에야 알게 됐었다(한동안 나는 『朴洽』과 『朴曾求』를 따로 따로 記憶하고 있었다). 아뭏든 나는 氏의 이름에서 어떤 友情같은 것을 느끼며 記憶하게 됐었는데 그 事情은 아래와 같으다.

收復 直後 木浦地區 海軍政訓本部에서는 몇號까지였던가 政訓雜誌를 낸 일이 있었다. 이 雜誌가 바로 『갈매기』였다. 그 主幹은 故 曺喜灌氏가 맡아 보았고 編輯責任者는 車載錫氏였다.

나는 『갈매기』 創刊號를 위한 原稿를 널리 募集한다는 廣告를 한 地方 新聞에서 보고서 『悔恨』이란 詩稿 한 편을 投稿한 일이 있었다. 그 후 얼마 안 있어 『갈매기』가 册이 되어 나 사는 농촌 册진에까지 나왔을 때 설마 하는 마음으로 『갈매기』를 펴 보고는 촌뚜기 文學 飢饉에 들렸던 나는 하마트면 그 자리서 까무러칠번 했다. 나의 詩 『悔恨』이 실렸지 아니한가. 『金顯承』, 『朴洽』, 『李石峯』－이런 序例로써 나의 이름 석字로 또렷이 박혀 나왔지 아니한가. 나는 물론 金顯承氏의 聲華만은 전부터 記憶하고 왔었다. 그러나 이때의 나의 腦裏에 짖어지던 이 분들의 이름字란 무슨 印象과도 같은 것이었다.

그 後 朴洽氏와 직접 만났을 때는 이런 『갈매기』에서 느꼈던 親近感이랄까 하는 것을 어쩐지 느끼지 못했었다. 氏와 알게 된 것은 千九百五十一年 二月, 내가 光州西中에 就職이 되어 들면서부터였다. 이것이 彼此 생면이었다. 반갑다고 웃으며 손을 주던 氏는 그 때 단 홈 · 스펀 웃옷에 빛깔이 불선명한 쯔봉을 입고 있었는데 『작고 똥똥하고 소리가 쇠소리가 나는 편』이란 것이 中年 朴洽氏의 外貌로부터 받은 첫印象이었다. 그리고 氏의 『작고 똥똥하고 소리가 쇠소리가 나는 편』인 첫印象은 夫人 李石峯氏로부터의 그것과 겹쳐서, 내가 西中을 그만둔 뒤에도 이들과 한 번씩이나 만나야할 일이라고 생길 때면 의례 내 발길을 가로막았달까, 아뭏든 지우기에 힘이 드는 것이 되어 버렸다.

한번 나는 朴洽氏를 따라 氏의 집까지 놀러 간 일이 있다. 氏는 西中 構內에 있는 學校舍宅 하나에 들어 살고 있었다. 집 마당에 들어서자, 벌써 여름이어서 가는 철사 망으로 된 겉창문만 두고 窓들은 이미 뗐던가 했는데, 겉창을 통해 한 켠 壁에 등을 붙이고 앉아서 책을 읽고 있던 한 젊디젊은 夫人의 옆얼굴(側面)이 얼른 내다 보였다. 안경을 썼는데 그녀가 李石峯氏임이 곧 짐작되었었다.

나를 玄關밖에 두고 잠간 방으로 들어간 朴洽氏는 그녀더러 客이 왔다고 알리는지 좌우간 뭐라 알리는 눈치인데, 웬지 내겐 방안 空氣가 거북하게만 느껴졌다. 그래서 곧 돌아서 버리고 말았는데 나오다가 아까 곁창문 켠을 힐끗 보니 그녀는 곁에 男便은 잊은 듯이 여전한 姿勢로 책읽기만을 계속하고 있었다.

위에서 나는 金東里氏의 冊심부름으로는 朴洽氏에게 한 번 밖에 안간 것처럼 말했는데 두 번 간 것 같으다. 한번은 郵送하여 온 孫素熙女史의 長篇小說 『太陽의 谿谷』과 創作集 『菖蒲필 무렵』을 傳해 주기 위해서였고, 다른 한 번은 『藝術院報』를 가져다주러 갔던 것이다(金東里씨는 朴洽氏에게 뿐 아니고 金顯承氏, 張龍健氏 앞으로 꼭 같은 冊子들을 보내주었다. 當時 光州 文人들은 서로 서먹해 가지고 있었는데, 우정 나를 시켜 두 번씩이나 이들에게 冊子를 手交케 하던 金東里氏의 配慮가 두고 두고 吟味해진다). 『藝術院報』를 傳해 준 것은 그러니까 金東里氏가 藝術院 作品常을 받던 해이니까, 한 여름철의 일인 것 같다. 내가 壯洞 朴洽氏 집 문안에 들어서자 氏는 꾀꼬리가 들어 있는 새장에서 떠나오면서 두 손을 싹싹 비비며 먼지를 털던 것이었다. 冊을 전하니 반가이 받으면서 「잘 왔오. 어서 올라 오시오. 그렇잖아도 저 놈의 꾀꼬리가 울어 주지 않아서 화가 났던 참이요.」하고, 말하는 것이 그 사이도 퍽 不快했는 듯 새장 걸린 켠을 또 힐끗 쳐다보는 것이었다.

나는 이 꾀꼬리를 전에도 한 번 본 일이 있었다. 氏가 病院에 入院하고 있을 때 問病次 찾아 갔다가 거기로 가져다 논 것을 본 것이었다. 病院 周圍의 여러 喬木에서 우는 野鳥 꾀꼬리는 다 큰 成鳥였다. 울려면 벌써 울었어야 말이 맞을 것 같았다. 이때도 朴洽氏는 {울 줄도 모른다}고 꾀꼬리를 두고 쩝쩝 입맛을 다시곤 하던 것이다. 조금 앉았다가 나는 下直하고 病室을 나왔다. 거기에 나타났던 醫師 孫哲씨가 돌아가려기에 그 서슬에 나도 따라 나섰던 것이다. 복도로 나와서였다.

「제길 암컷을 보고 안운다고만 저 성화니 돌지 않았는지 몰라.」

孫哲氏의 이 말을 듣자 剎那 나는 뭐랄까 뒤통수에 무슨 強打같은 것을 받는 것 같았다. 금방 『작고 똥똥하고 소리가 쇠소리가 나는』 朴洽氏의 음성이, 가는 철사망 겉창을 통해 내다보이던 李石峯氏의 『안경 쓴 側面』을 비껴가는 그것이 聯想됐다.

「암컷이라고 가르쳐 주구려.」

孫哲氏를 보고 쓴 내 말소리는 내 귀로 듣기에도 뚱 했었다.

「그러면 곧이 들을 것 같어? 금시라도 골을 울릴 것 같은디.」

孫哲氏의 이 反問에 나는 어찌된 셈인지 고개를 끄덕이고 말았었다.

冊을 傳하려 간 날도 朴洽氏는 울 줄도 보른다고 꾀꼬리에게 성화를 대던 뒤끝은 아니었던지…….

故 朴洽氏는 이렇게 꾀꼬리 암컷을 두고 암컷인지도 모르고서는 울어주지만 않는다고 애를 말려 쌓았다. 이런 點도 故人의 一貌라고 말할 수 있을까.

朴洽씨가 飮毒自殺했다는 悲報를 나는 出他中에 新聞에서 알았다. 氏가 自殺決行을 한 것은 千九百六十二年 十月 十七日에 된 일. 직장관계로 집을 나가 있던 未亡人과 두 아들을 뒤에 남겨 둔 채 氏는 世上을 下直했다.

어째서 氏는 自殺했을까. 氏가 어떤 親知에게 남긴 遺書 全文을 여기 轉載하고 이 글을 맺으려 한다.

「생각한 나머지 이 길을 택하기로 했읍니다. 생애 대한 극도의 허무감과 재기난망의 병고와 모든 것에 대한 의욕상실—생활에 대한 염증과 여러 가지 고통에서 오는 염세증에서 자살을 택하게 되었읍니다. 그리고 지금 내가 산다는 것보다는 죽는다는 것이 괴로움이 적기 때문에 저는 가는 것입니다.」

현대문학, 1963. 9.

이해동, 비운의 시인 고 박흡과 나

박 시인은 결론부터 말해서 심신이 망가질 대로 망가져 자살로 삶을 마감한 비극의 시인이었다.

그와 나는 원초적으로 술을 좋아한 호주객으로 처음 어느 술자리에서 만나 알게 되어 주거니 받거니 하였고 그 뒤부터는 자주 만나 어울렸다. 그러나 그는 좀처럼 그의 과거 얘기를 하지 않았고 나 역시 남의 과거를 굳이 알려고 하는 성격이 아니어서 모른 체 사귀었다.

듣는 바에 의하면 그는 황룡강 근처 어느 마을에서 태어났고 해방 직후 서울 모여자대학에 있었을 때 제자였던 이석봉李石峯과 시를 통하여 사랑하게 되고 맺어져 교육계에 물의를 일으키자 광주로 내려와 박 시인은 광주 제일고에 부인인 이석봉은 전남여고 교사로 있게 되었다. 그런데 6·25동란이 돌발하자 재경대학교들이 문은 닫게 되어 조선대학교가 종합대 역할을 할 때 임시로 동대학에 머물다 수복이 되어 금호여자중고가 설립되자(교주 금회회장 박인천씨) 서무과장직을 맡아 실질적인 운영을 하였다. 그런데 웬일인지 이때부터 부인과의 사이가 더욱 악화되어 부인은 보성여중으로 옮기게 되고 별거까지 하게 되었다.

각설하고 박 시인은 작달막한 키, 오동포동한 체구에 조금 무뚝뚝한 편이어서 남들은 사귀기가 어렵다고 하였으나 사귀면 사귈수록 동심 어리고 순진하였다. 박 시인은 애완 소조小鳥를 사랑했고 선인장 수집에 열을 올리고 있음을 살펴보아도 그는 결코 거만하거나 자아에 빠지지 않았음을 짐작할 수 있다.

좋은 술이 있으니 오라고 해서 그의 집을 찾아간 적도 여러 번이었다. 그 때마다 그의 집을(그 때는 계림동에 살고 있었다) 찾으면 침실 외 골방이나 기타 공간에는 각종 선인장과 소조가 가득 차 있어 좁을 정도였다. 박시인은 그의 말 못할 심정을 이것들에 의해 위로 받으려 했던 것 같다.

이 무렵 광주에는 <동광신문東光新聞>이 발행되고 있었고 동지에서 재광시인들의 시 릴레이를 연재한 적이 있었다. 이 시 릴레이에 김현승, 이동주, 박흡, 이수복, 이석봉 그리고 필자의 시가 연재되었다. 박시인은 <지하순금>, 필자는 <화분의 밤>을 발표하였다. 지하순금은 도금들이 판치는 세상을 풍자한 시였다.

해방 후 몇 년이 지나자 전남문단(광주문단포함)은 서서히 기지개를 펴기 시작하여 시지詩誌가 나오기도 했다.

김현승과 박흡은 라이벌 의식이 작용하여 대립되고 사이가 좋지 않았다. 반목이 깊어가 서로 외면까지 하였다. 이러던 중 판문점다방 계단에 부딪치게 되자 계단 위에 있었던 김현승 시인이 아래에서 올라오던 박시인을 발길한 것이 불행하게도 급소가 되어 화를 입어 입원가료를 받았으나 끝내 효과를 못 본 채 나왔다는 소문이 떠돌기도 했다. 어떻든 이것이 화가 되어 박시인은 크게 마음이 동요되었고 세상을 저주하였으며 삶을 비관하여 자살을 기도했던 것 같다.

나는 박시인이 그렇게 된지도 모르고 만난 지가 오래되어 그의 전세집이었던 사동으로 찾아갔다. 그는 평소처럼 태연하게 나를 보고 친구가 왔으니 "내일로 미뤄야지" 알 수 없는 의문사를 하고서 책상위에 있는 칠을 반들반들 칠한 해골을 들고서 "이게 뭔인 줄 알겠나"하면서 손으로 어루만지기게 나는 질겁하여 "이 사람아 저리 치우게나"하면서 뒷걸음쳤다. 그는 해골을 제자리에 두고서 안주가 없으나 청주가 한 병 있으니 한 잔 하자면서 꺼내와 주거니 받거니 이 날도 여느 때처럼 곤드레 취하였다. 비틀걸음으로 겨우 집에 들어와서 그대로 쓰러진 채 다음 날 늦게 일어났고 저녁때 석간을 보고 그가 이 날 자살했다는 보도를 보고 깜짝 놀라 멍하니 하늘만 쳐다보고 있었다.

아! 전날의 그의 이상한 말들과 해괴한 행동 등이 뇌리에 깊숙이 새겨져 좀처럼 떠나가지 않는다.

아까운 시인, 그에게 불행이 없었다면 불혹을 넘어선 그의 훌륭한 시를 많이 남겼을 것을 못내 아쉽기만 한다.

여기 지면에 박시인을 추도하는 뜻에서 20여 년 전 쓴 내 추도시를 소개하여 못다 쓴 면을 보충코자 한다.

외로운 산비둘기 –고 박흡을 추도하면서

수리일 수가 없고
제비처럼 날 수 없어
후미진 곳서 외롭게 살다
피 통해 가버린 산비둘기여

도깨비술 소주보다
텁텁한 막걸리가 서로 좋아서
바지가랑이는 얼룩이 져도
우리들의 거리는 멋이 넘쳤네
그치들은 때묻은 과거를 변신하고

그치들은 자리에 현혹되고
그치들은 실없이 날뛰고
그치들은 잘난 체 하고
그치들의 시는 염통에서가 아닌
손재주로 쓰던 무리들
우리들은 빛보다 멋진 멋에
자유로운 날개를 활짝 펴
속박으로부터 해방돼
술잔은 넘쳐 흘렀지

그 때 자네는 가르치는 스승이었지
잉고 문조 십자매 등을 길렀고
용설란 백년초 등 선인장을 벗 삼었지
내사 실직으로 장서들을 팔아
끼니를 이어가는 가난뱅이였으나
우리들은 누구의 노예가 될 수 없었고
황야의 백합화이고자 했었지

이제 나는 홀로일세 자네가 남기고
간 <지하순금>은 자취를 감추고
두들기면 메아리치는 <종소리>도 멀며
<동해>는 시름에 절어 있고
가까운 황룡강을 울먹이며
자네가 없는 술거리는 쓸쓸할 뿐

허공에 사라진 스승이여
물거품이 된 가르침이여

세상은 온통 시비투성인데
허무한 사랑, 동호에게 채여
잡초 속에 묻힌 한이여
춥고 스산한 겨울바람에
외롭게 떠난 산비둘기여
술잔을 들어도 텅텅 빈 정
이 사람아 꼴들이 보기싫어도
나를 보고 참고 견뎌었어야지

빅톨 유고는 말했다네
인생은 사형선고 유예기간이라고
세판가 사나운 것 뻔한 일이지
예끼, 지지리 못난 사람아
그래 귀한 목숨을 버리다니

아아! 허무했던 스승이여
비운의 시인아, 자네를
어디서 찾을건가
비록 시비사 없다해도
내 뜨거운 가슴 속에 새겨두리

고이 고이 잠드소서.

광주문학, 2001 봄.

범대순, 광주문학 개화기 야화

시인 이수복이 양림동 김현승 선생의 대문을 걷어찼다는 이야기는 이수복 선생도 김현승 선생도 말하지 않았지만은 그러나 1950년 전후 적지 않은 반 김현승 정서를 가지고 있었던 광주 문인들 간에 시원한 느낌을 준 사건이었다. 김현승은 원만한 성품을 가진 사람은 아니었다. 기질적으로 시인이었고 엄격한 기독교인이요 오만한 자기중심적인 사람이었다. 그래서 김현승을 좋아한 사람은 그와 세대가 다른 아주 젊은 사람이거나 대학의 제자이거나 그를 통하여 문단에 들 욕심을 내는 사람들이었고 그의 친구이거나 같은 연배가 아니었다.

1950년대 중엽 광주 충장로 노벨 다방 계단에서 김현승 선생이 박흡 선생의 불알을 걷어 찬 사건은 박흡이 입원하고 고소하는 등 법정으로까지 비화되어 화제가 되었었다. 당시 지방 신문에 몇 차례고 보도되었기 때문에 지금도 그것을 기억하는 사람은 많다. 사건의 발단을 두 사람의 불화에서 온 것인데 그 불화의 원인이 당시 조영암의 제일차 하와이 사건을 항의하기 위한 모임의 주도권 다툼에 있었다. 약속한 회의시간에 김현승이 나타나지 않자 부득히 그가 없는 자리에서 결의를 하게 되었는데 그 모임의 대표에 박흡이 선임되었다. 이후 김현승은 그 모임을 거부하였다. 그리고 그들과 반목이 시작된 것이다.

그와 같은 반 김현승 정서는 김현승이 작고한 뒤에까지 계속되었다. 가령 선생이 작고하고 두 돌이 될 때 광주에 산 선생의 제자를 중심으로 시비건립위원회가 구성되었는데 이수복이나 허연 같은 광주의 중요한 시인들을 비롯하여 소위 반 김현승 정서를 가진 사람들은 참여를 거부하였다. 그 시비 건립이 전국적인 호응이 있었음에도 불구하고 그들은 모금에 응하지도 않았다. 지금 광주에 반 김현승 정서는 없다. 오히려 김현승은 훌륭한 시인으로 존경받고 있다. 그 당시 많은 사람들이 반 김현승의 정서에 호응하였지만 그러나 그 정서를 간직한 사람은 모두 사라졌다. 역사는 사건이나 반감을 기억하는 것이 아니라 작품과 영향력을 기억하는 것이다.

1950년 전후 광주에서 가장 주목받은 여자에 이석봉이 있었다. 그는 박흡 선생의 아내였는데 전남 여중의 국어선생이었다. 날카로운 눈 자유로운 입, 그리고 그 미모에 뛰어난 지성을 갖춘 젊음, 광주의 지성인들은 그를 눈 여겨 보지 않은 사람이 없었다. 그는 숙명 여전 재학 중 당시 그 대학의 교수였던 박흡 선생과 열애하고 애정의 도피처를 광주로 정했다. 1949년 박흡은 광주 서중에 이석봉은 전남여중 선생이었는데 그들 부부간의 나이차는 열다섯 살이었다. 이석봉은 뒤에 '빛사리는 해구'라는 장편으로 화려하게 문단에 데뷔했는데 아직도 광주에서 그를 기억하는 사람은 많다.

광주에 사는 동안 이석봉의 주변에는 끊임없이 스캔들이 따라다녔다. 가령 전남 여중 멋쟁이 P모 영어 선생, 전남 대학 H모 교수, 문인이요 출판업자인 K모 씨 등 그리고 그 스캔들은 박흡 선생이 작고한 뒤까지 계속되었다. 1960년대 초 박흡 선생이 자살하였다. 그리고 그 자살의 원인이 아내의 스캔들 때문이라는 생각에 장례식에서 박흡의 친구들의 분노는 상주인 이석봉을 규탄하는 분위기였다. 그리고 그 분노는 매우 감정적인 것이었다. 그리고 감정은 매우 비이성적이고 비근대적 정서였다. 남편을 가진 아내가 바람을 피웠기 때문에 박흡이 자살할 수밖에 없었다는 것이다.

박흡 선생의 친구들이 비근대적인 것은 두 사람의 부부관계를 너무 도덕적으로 판단했다는 것이다. 두 사람은 출발부터 상식적인 관계가 아니었다. 그들의 결합은 현대적인 사건이었다. 그들에게 부부유별을 기대하는 것은 사건의 핵심을 통찰하는 눈이 아니다. 그들은 처음부터 자유인이었던 것이다. 그들이 상호간 존경하고 애정이 있는 동안 그들은 부부생활에 문제가 없었다. 그러나 현실적으로 15살 나이 차이는 나이가 들면서 언젠가 무너지게 되어 있었나. 이석봉의 친구들의 말에 의하면 그들은 부부싸움이 잦았고 이석봉은 잘 구타당했다고 전한다.

박흡 선생의 손찌검은 이름이 있었다. 선생이 광주 서중 선생이었을 때 그는 불실한 채점을 항의한 학생을 구타하여 말썽이 된 적이 있었다. 한 학생이 친구의 답안을 컨닝했는데 컨닝한 학생에게 할 말이 없던 박흡은 교무실에서 감정적으로 그것도 너무 과도하게 구타하였다. 여고 서무과장을 한다든지 광주 고속의 경리과장을 한다든지 한 경력이 말하듯 그가 고명한 고등학교 고대문 교사였고 시인이었음에도 불구하고 이름을 가진 동료들이 거개 전남 대학 교수직으로 자리를 옮긴 마당에 그의 대학 졸업이 확인되지 않아 교직에서 물러나는 등 이석봉이 박흡을 남편으로서 존경할 수 없었던 속사정을 장례식에서 상식적으로 분노한 친구들이 이해할 리 없었다.

한국 전쟁 중 잠깐 조선 대학에 와 있었던 서정주는 그 짧은 기간에 비해 큰 영향을 남기었다. 그의 명작 '무등을 바라보며'를 광주에서 썼고 그 당시 광주에 살던 중요한 시인들 가령 이동주, 이수복과 허연 등 우수한 젊은이들을 문단에 데뷔시켰다. 서정주가 광주에 있을 때 김현승은 현대문학 추천위원이 아니었다. 현대 문학 추천위원이 된 것은 50년대 말 선생이 서울 숭실대학으로 옮긴 뒤였다. 우리는 서정주의 제자들이 김현승과 사이가 좋지 않았던 사실을 주목할 필요가 있다. 김현승은 서정주에 대한 콤플렉스가 없지 않았던 것으로 추측할 수 있다. 그래서 조선 대학에 서정주를 모신 사람이 김현승이라는 말은 설득력이 약하다.

가령 사변 직전 조선 대학에 더러 문인 초청 강연회가 있었는데 그들 가운데 정지용이나 김기림이 있었지만 서정주의 이름은 없었다. 사실상 해방 후 서정주는 한국 시단의 주류에 끼지 못했다. 일정 시대 애매하였던 그의 처신에 대한 의심이 아직 풀리지 않았기 때문이다.

진보 세력이 말살된 한국 전쟁이 아니었다면 서정주는 오늘의 존경을 받지 못했을는지도 모른다. 미당에 비해서 김현승은 명성은 약했지만 당당했다. 그는 일제가 이용할 만한 자리에 있지 않아 친일한 적이 없고 오히려 양림 교회 반일사건 등으로 수감된 적이 있었다.

시인이자 비평가요 독문학 번역자였던 박용철은 송정리 사람으로 광주는 연고지가 아니었다. 그는 송정리에서 기차로 서울만 왕래하였다. 시 역사상 중요한 '시문학'의 중심인물이었고 정지용 김영랑의 시집을 출판하는 등 부유한 박용철은 1930년대 조선 문단의 중요한 사람이었다. 그 박용철의 본 부인이 화가 석성 김현수의 친 고모였다는 사실은 아는 사람은 다 안다. 당시 명문 규수들의 대부분이 그렇듯 현대 교육을 받지 못한 그녀는 결혼한 지 몇 해만에 박용철의 희망대로 이혼에 동의하여 평생을 조카인 김현수 화백의 집에서 청상으로 살다 여전에야 오랜 치매 끝에 작고하였다. 매우 후덕하고 인자한 부인이었는데 그리고 인연을 찾아 결혼했으면 좋은 어머니 좋은 할머니가 되었을 텐데 그녀는 개화에 희생된 여자였다. 가문이 가문이라 어른들이 그녀의 재혼을 허락하지 않았다. 만일 그녀가 재혼했더라면 박용철의 부담도 덜었으리라. 지난 해 광주시가 제정한 광주 문학상 이름을 박용철 문학상으로 하자는 제의를 시의회가 부결

시킨 이유가 거기에 있었다고 들린다.

노인 가운데 기억력이 너무 좋은 사람은 얄밉다. 잊을 만한 일은 잊는 게 미덕이다. 사실상 세상의 이치는 기억보다는 잊는 게 자연스럽다. 한 나라의 역사도 그렇다. 조그만한 나라에서 우리는 과거가 너무 무겁다. 거짓으로 속여서까지 자기는 남기고 남은 약점으로 기억하려는 경향도 있다. 아니다. 잊어야 한다. 따라서 나의 위의 이야기는 기억하기 위한 것이 아니라 쓰레기통에 버리기 바로 앞서서 마지막으로 미소로 한번 들여다 본 것에 불과하다.

광주문학, 2001 가을.

평전

박흡 평전*

이동순

1. 어두운 시대에 태어나

박흡은 민족의 운명을 송두리째 바꾼 을사늑약이 체결되고, 민족의 운명을 한 치도 알 수 없는 어둠의 시대인 1912년 10월 4일에 태어났다. 그의 본적은 전남 장성군 황룡면 장산리 215번지이며, 전남 장성군 황룡면 장산리 393번지는 그가 태어난 곳이다. 전남 장성군 황룡면 장산리에는 네 개의 마을이 있는데 장산리는 약 300년 전에 밀양 박씨가 터를 잡아 살기 시작하여 마을이 형성된 곳으로 마을 이름은 원래 장지뫼獐山라 하였는데 중년에 壯山이라 하였다가 일제 말에 長山이라 하였다.[1] 박흡의 본관은 원래 밀양密陽이었으나 박흡의 조부인 박채용朴采容이 본관을 태인泰仁으로 바꾸어 태인泰仁 박씨가 되었다.[2] 박흡이 태어나고 자란 장성군 황

---

* 이 글은 필자가 이미 발표한 「박흡의 생애와 시세계」, 「죽음까지도 시였던 사람, 시인 박흡」을 수정 보완한 것이다.

1) 장성군사편찬위원회, 『長城郡史』, 1982, 950쪽.

룡면 장산리 일대는 태인 박씨 문중이 세를 형성하며 살고 있었다. 박흡의 조부 박채용은 교육을 가장 중요하다고 여겨 자식들 교육에 힘썼다 한다. 그래서 박흡의 부친 박균명朴均明도 근대교육을 받은 것으로 전해진다.

박흡의 본명은 박증구朴曾求이다. 그는 부친 박균명朴均明, 1891.8.8~1955.7.20과 모친 이우신李友信, 1892.9.24~1951.1.18 사이에 독자로 태어났다. 그는 세를 형성한 문중의 장손이요, 유복한 집안의 독자로 태어났으니 문중의 관심과 사랑을 독차지하며 자랐다. 마을 앞으로 흐르는 황룡강은 그의 친구가 되어 주었고, 그는 황룡강과 함께 성장하였다. 황룡강을 바라보면서 자란 탓인지 뛰어난 머리와 섬세하고 예민한 감성의 소유자였다. 또래보다 키는 작았지만 다부졌고 머리가 비상하여 수재 소리를 들으며 자랐다. 그는 1921년 8살이 되던 해 장성 공립심상 소학교에 입학하여 1927년 졸업하였다. 1927년 3월, 고등교육을 위해 그는 전라북도 익산시(당시에는 이리부)에 있는 이리농림학교에 입학하였다. 이리농림학교는 근대식 고등교육기관으로 조선 학생들의 입학이 매우 어려운 학교였다.

1922년 설립된 이리농림학교는 조선인 학생보다 일본인 학생이 더 많이 다닌 학교였다. 일제는 조선인을 황국식민으로 기르기 위해 교육제도를 활용할 만큼 조선점령에는 철두철미한 전략을 가동하였다. 교육을 가장한 식민화 전략의 성공 뒤에는 조선인 학부모들의 교육열도 한 몫 하였다. 근대교육에 대한 열망과 독립을 위한 민족교육에 대한 열망이 교육열로 표출되었다. 이리농림학교에 입학하려는 조선 학생들의 경쟁률이 매우 높았다. "입학경쟁률은 100명 모집에 1,015명이 지원"[3]하는 등 10대 1의 치열한 경쟁을 뚫어야만 입학할 수 있었기에 이리농림에 입학하고자 하는 경쟁은 가열되었다. 신식교육제도는 조선인 학부모들의 교육열을

2) 박흡의 조카인 박래홍의 증언(2012.1.9) 박흡의 집안과 관계된 것은 박래홍의 증언에 의한 것이다.

3) 동아일보, 1929.3.13(1928년도 비슷한 경쟁률을 보임).

충족시켜 주었다.

박흡은 농학과 55명 중의 한명으로 입학하였다. 전남 장성의 집을 떠나 멀리 전라북도 이리에 있는 이리농림학교에 진학한 것이다. 그는 기숙사에 입사하여 학교를 다녔다. 기숙사는 侍女提를 바라볼 수 있도록 설계된, 자연의 아름다움을 만끽할 수 있는 구슬고개에 있었다. 건물이 2동이었는데 250명을 수용할 수 있는 큰 규모의 건물이었다. 기숙사에는 250명이 식사할 수 있는 식당, 목욕실, 오락실, 도서실을 구비하고 있는 최신식 건물이었다.[4] 그러나 기숙사 생활은 규율이 엄하였고 군대식으로 시종하였으며 6시 기상, 10시 점호였고 외출시간도 제한되어 있었기에 허가 없이 외출이나 귀성도 할 수 없었다. 사감 5명의 감시 아래 있었다.[5] 기숙사에서도 일본인 학생과 조선인 학생들 간의 차별은 극심하였다. 그러나 배움에 대한 열망으로 박흡을 비롯한 조선인 학생들은 일본인 학생들의 차별을 감내하였다.

박흡은 이리농림학교 재학시 공부를 잘했던 모범학생이었다. 책을 좋아하던 그였기 때문에 늘 책을 끼고 지냈으며 원예에도 흥미를 느꼈다. 특히 화초를 기르고 이식하고 생장시키는 방법들에 대해서 관심이 많았다. 훗날 그가 취미로 삼았던 화초 기르기는 아마도 이리농림 시절 터득한 기술과 지식에 기반한 것일 터이다. 3학년 때는 성적이 다소 떨어졌으나 상위권을 유지하였고, 4학년 때는 조금 더 떨어졌지만 그래도 중상위권을 유지하였다.[6]

그러나 박흡은 학교 공부도 공부였지만 일제치하에 굴복하며 살 수 없다는 항일의식이 더 크게 자라고 있었다. 책을 좋아하던 그대로 그는 이리농림학교의 독서회 회장이었다. 광주학생독립운동도 독서회와 성진회가

---

4) 이리농림60년사편찬위원회, 『이리농림60년사』, 제일사, 1982, 73쪽.

5) 이리농림60년사편찬위원회, 위의 책, 73쪽.

6) 그의 학적부에 기재된 사실들이다.

중심축을 담당하였던 것처럼 1920년대와 1930년대의 독서회는 항일의식으로 무장하고 독립운동을 전개한 대표적인 학생조직이다. 박흡이 독서회 회장으로 활동한 것도 같은 맥락이었다. 『이리농림60년사』에는 다음과 같이 기록되었다.

> 생활하는 학생들 간에 讀書會가 조직되어 禁嚴한 일인들의 감시 속에서 뜻을 규합하고 있었다. 독서회 회장으로는 박중구(농과5년)가 활약했으며 그 외에 유동식(임과4년), 신정근(임과4년), 진기열(농과3년), 문석(임과3년) 진집종(임과3년), 박사진(2의1), 임경래(2의2) 등이 호응, 일제에 저항하는 민족의 저력으로 움트고 있었다. (중략) 그러나 그 이듬해인 1930년 1월 3학기의 개학을 기해 누구의 입에서 인지 모르지만 광주의 진상을 알게 되었고 전국 공사립 학생들의 맺히고 맺힌 한이 일제에 저항으로 바뀌어 폭발하였다. 이러한 어수선한 기운을 한일공학의 미명하에서 일거일동의 감시를 받고 있는 본교 학생에게도 태동하고 있었다.
>
> 때를 노리고 있던 독서회에서 비밀리에 팜플레트를 인쇄하려다 사감인 增田(마스다)에게 사전에 발각되어 성사를 하지 못하고 박중구는 졸업을 앞두고, 진기열, 진집종은 30년 2월 18일로 사상불온 학생이라는 빨간 딱지를 학적부에 남긴 채 퇴학을 당하고 말았다.[7)]

위 글은 박흡(박중구)은 독서회 회장이었으며 광주학생사건의 진상을 알게 된 후 일제에 저항하기 위해 비밀리에 어떤 문건을 인쇄하려다 발각되어 사상이 불온하다는 이유로 퇴학당하였다는 기록이다. 그의 학적부에도 사상문제로 퇴학당하였다는 사실이 붉은 글씨로 기록 되어 있다. 위의 기록과는 학적부의 기록을 비교해보면 퇴학을 당한 날짜에 다소 차이

---

7) 이리농림60년사편찬위원회, 위의 책, 34쪽.

가 있다. 『이리농림60년사』의 기록이 구체적인 자료에 의한 것이라기보다는 회고의 의한 것이기 때문에 정확한 날짜 까지는 일치하기 어려웠을 것이다. 그러나 『이리농림60년사』의 윤수동이 회고하고 있는 내용을 간추리면 "광주학생사건 기념일인 11월 3일 개최한 추계운동회장에서 일본인 교사가 "조선인들은 나가라"고 호령한 것을 목격한 조선학생들이 분노를 참을 수 없었으나 은인자중하고 동지를 규합하여 11월 10일 격문 100장을 뿌렸다. 학급에 들어서자 정사복의 경관에게 검거되어 구속 고문을 당하였으며 그 목적은 배후추궁에 있었고, 신정근, 윤수동, 나승소, 유현, 박사진, 임경래, 문석이 퇴학을 당하였다."[8]고 한다. 윤수동의 회고는 학적부의 기록과 일치한다. 박흡이 퇴학당한 날짜는 1930년 11월 15일이다.

따라서 위의 내용들을 다시 정리하면 박흡은 이리농림학교에서 퇴학을 당하였다. 구체적인 이유인즉 1930년 11월 3일 광주학생사건 1주년 기념일에 있었던 일본인 선생의 "조선인들은 나가라"라는 차별에 분노하여 동지를 규합하여 11월 10일 격문을 뿌렸다. 당시의 독서회는 일종의 비밀결사단체였기에 독서회 회장이었던 박흡은 학생의 신분으로 항일운동을 단행하고 민족운동을 전개[9]한 것이다. 박흡이 독서회 회장이었다는 것은 비밀결사체를 움직이는 핵심인물이었을 가능성을 보여주는 단서를 제공한다. 1929년 광주를 기점으로 전국학생들은 독서회 등 비밀결사를 통하여 전국적인 학생운동으로 확산시킨 데는 사회주의세력의 작용이 있었다.[10] 그래서인지는 모르지만 박흡은 퇴학을 당한 이후에도 검속과 취조에 시달렸다. 박흡은 일제로부터 철저한 감시를 받고 있었다.

이리농림학교의 퇴학조치는 박흡의 인생을 항일 저항운동에 진력하도록 이끌어 나갔다. 조선 학생들의 연이은 동맹휴학 결의는 전국적으로 확

---

8) 1967년 5월 15일을 기하여 이리농림학교는 당시 퇴학당하였던 윤수동을 비롯한 생존인물들에게 명예졸업장을 수여하였으나 박흡은 이미 세상을 떠난 뒤였다.

9) 김호일, 『한국근대학생운동사』, 선인, 2005, 332쪽.

10) 조선총독부경무국 극비문서, 『광주항일학생사건자료』, 풍모사, 1979, 248쪽.

산일로를 걷게 되자 검속도 또한 한층 강화되었다.[11] 이리농림학교에서도 쌓일 대로 쌓인 불만은 급기야 조선의 학생들의 차별을 철폐 요구로 이어졌고 동맹휴교 결의로 확대되었다. 조선인 학생들은 학교에 차별을 금지할 것을 요구하는 집회를 열고 동맹휴교를 결의하였다. 이리농림학교의 조선인 학생들이 동맹휴교를 결의하면서 주장한 내용은 다음과 같다.

> 裡里農林學校二三四학년의 農林兩科학생들은 지난十일에 련명하야
>
> 一, 日鮮學生의對偶差別을撤廢할것
>
> 一, 月謝金과校友會費를減下할것
>
> 一, 其他數項[12]

이로 미루어 보아 일본학생들과 조선학생들을 차별하였다는 것 외에도 월사금과 교우회비를 감해줄 것을 요구하였다. 이에 이리농림학교는 한발 뒤로 물러서는 듯 하였지만 근본적인 변화는 없었다. 시대는 점점 어둠 속으로 치닫고 있었고 한동안 이리농림학교는 혼란 속에 있었으며 그 휴유증도 지속되었다.[13] 이리농림학교의 독서회 사건과 동맹휴학으로 퇴학

---

11) 동아일보, 1930.11.20.

12) 동아일보, 1930.11.20.

13) 동아일보, 1930.11.22. "裡里農林學校조선인학생들이 日鮮學生差別撤廢 등 여러가지 조건을 들어 학교당국에 진정하고 여전히 등교하면서 하회를 기다든중 학교당국은 전긔학생대표자八명 중 尹水東 박사진 신정근 임방래 등 오명은 퇴학처분, 또라병소 윤석창 김춘표 등 삼명은 停學처분을하자 이어서 경찰은 전긔퇴학생 오명을 지난 十七일에 검속하고 학생들의 신변과 숙소를 감시수색함으로 동교조선인 학생들은 동정과 불안이 심하야 지난 십칠일부터 이삼학년생들이 일제히 동맹휴학하고 그 이튼날부터는 사년생측에서도 또 동정휴학을 하얏슬뿐아니라 기타학년의 조선인 학생들도 동요성이 보인다는바 동학교는 침울, 불안의 공긔에 싸여 잇고 당국자들은 적이 랑패한 긔색이 농후한데 동맹휴학생에게 대하야 이십일일에 일제등교하라고 통지를 발부하얏다는바"

동아일보, 1930.11.23. "裡里農林學校생도의 맹휴사건은 작보와 갓거니와 조선인 학생들이 동요함에 딸하 경찰은 사태여하를 매우 주목하야 학생들의 신변을 감시하고 학교

당한 학생들의 삶은 그리 간단하지도 평탄하지도 않았다.[14] 박흡은 당시 퇴학당한 학생들과 함께 끝내 학교로 돌아가지 못한 채 감시의 대상자가 되어 경찰에 연행, 구금과 취조를 받았을 뿐만 아니라 가택수색까지 당하였다.[15] 사상문제로 인해 이후 사회주의자들과 활동을 하고 있을지도 모른다는 판단이 작용하였다. 이영백과 관련되어 있다면 사회주의운동을 하였을 가능성이 많다. 또한 김시중, 송종근, 이영백 등과 함께 전남 장성 농협조합사건으로 전북경찰부로 압송 당하였다는 사실은 그 가능성을 높이고 있다.[16]

박흡은 퇴학을 당한 이후 잦은 검속과 취조가 이어진 것은 일제가 "광주학생운동을 사회 · 공산주의 계열의 사회주의적 운동으로 취급하여"[17] 다룬 탓이다. 그리고 "총독부 당국자들은 일본 본국에서도 법으로 금지되어 있는 주의자(사회주의자 · 공산주의자 · 무정부주의자)로 간주하고 이미 계산에 넣고 이 운동을 민족운동으로 보지 않고 사회 · 공산운동으로 보는 것이 한국인의 감정을 덜 상하게 하는 방법"[18]으로 여긴 탓이다. 당시는 사회주의사상이 풍미하고 있었고 당대의 학생들이 사회주의를 차용하였다는 것이 별로 부자연스러운 것은 아니었다. 우리 민족을 무산계급으로 보고 민족독립을 달성키 위한 수단으로 사회주의이론을 받아들여 사용하였던 것이다. 사회주의자들이 바라본 우리 민족은 당시 일본제국주의 자본주의에 착취당하는 무산계급이었다. 그러므로 학생들이 사용하였던 무산계급은 우리 민족을 분열시키는 구호가 아니라 일제의 지배에

에는 이삼명의 刑事가 매일파수를 하는터인데 맹휴들은 불안에 못 이기어 집으로 돌아가랴고 행장을 수습하고 헤여지는 중"

14) 동아일보, 1930.12.18.

15) 동아일보, 1932.6.11.

16) 동아일보, 1933.7.10; 동아일보, 1932.8.31.

17) 김성식, 「한국학생운동의 사상적 배경」, 『아세아연구』 12-1, 고려대 아세아문제연구소, 1969.9.3.

18) 김호일, 『한국 근대 학생운동사』, 선인, 2005, 238쪽.

서 벗어나고자 한 민족의 단합과 통일을 절규한 구호였다.[19] 그래서 박흡은 일제의 감시대상이 되었고 크고 작은 일이 있을 때 마다 검거의 대상이 되어 구금되고 취조를 받게 되었던 것이다. 그러나 신문지상에 언급된 정도로는 박흡이 구체적으로 어떤 사건에 연루되었는지는 정확하게 알 수가 없다. 다만 어떤 사건에 연루되어 사상범으로 체포된 것으로 추정될 뿐이다.

어떤 사건의 핵심인물로 보이는 김시중은 박흡과 같이 전남 장성군 황룡면 출신이다. 이들이 잦은 교류가 있었을 것은 자명하다. 김시중은 장성협동조합장과 신간회 장성지회 간부였고, 광주학생독립운동 당시 맹휴에 나선 학생들을 적극 지지한 강경파 학부형들 중의 한명이다. 광주서중의 맹휴를 적극 지지한 학부형들이 주로 신간회를 통해 민족운동에 참여하고 있었던 인물[20]들이라는 점에서 이들과 깊이 연관되었을 것으로 추정된다.

박흡에게 이십대 초반의 삶은 이렇게 일제치하에서 검거와 감금과 취조 속에서 모질게 견디어야했다. 그의 부친 박균명도 장성협동조합을 결성하여 제 1회 총회 때 장성농협 서기[21]를 맡았으며 농보교위치문제로 장성공직자대회[22]에 참가하여 일제 당국의 기만정책에 항거하기도 하였던 인물이다. 그러고 보면 일제에 철저하게 저항하여 독립을 쟁취하고자 하는 가계의 지형을 알 수 있다.

그러나 박흡은 해방이 된 후에 단 한 번도 자신이 어떻게 살았다하는 소리 한 번 하지 않았다. "일제의 모진 찬서리 밑에서 추위에 항거하는 겨울 물처럼 청춘을 그늘지게 소모한 나"[23]라고 한 회고한 한 줄이 있을 뿐이

---

19) 정세현, 『항일학생 민족운동사연구』, 일지사, 1975.

20) 이애숙, 「1920년대 광주지방의 청년 · 학생운동과 지역사회」, 『11 · 3광주학생독립운동의 발발배경』, 1999.10, 61쪽.

21) 중앙일보, 1932.4.30.

22) 중외일보, 1932.12.1.

다. 그리고 자신의 결혼식을 3월 1일로 잡은 이유가 3 · 1만세운동을 영원히 기억하기 위해서였다. 정황상 항일운동에 적극 가담하였음을 인정하는 말이다.[24] 그러나 그가 일제치하에서 검속과 취조를 거친 이후의 행적은 아직 오리무중이다. 다만 그가 일본에서 공부하고 온 것으로 전해지지만 분명치가 않다. 박흡의 항일운동과 관련한 부분은 다른 기회를 통해 보완해야 할 숙제이다.

2. 운명적인 사랑, 이석봉과 함께

일제의 혹독한 추위 속에서 견딘 그에게도 운명 같은 사랑이 찾아왔다. 숙명여전 강사시절은 운명의 여인 이석봉을 만나면서 시작되었다.[25] 어느 날 갑자기 찾아온 그러나 절대 놓치고 싶지 않은 그런 뜨거움과 열정과 열망이었다. 그 순간 이성은 잠시 감성에게 모든 것을 내 주고 사랑의 위대함 속으로 빠져들고 만다. 스승과 제자의 나이를 뛰어넘은 사랑은 세간의 냉정한 눈빛도 문제되지 않았다. 열다섯 살의 나이는 숫자에 불과한 것이었고 오직 그 사람을 향한 간절한 마음이면 되었다. 시인이자 대학 강사인 박흡과 제자인 이석봉은 그렇게 하루하루 서로를 향한 발걸음을 옮겼다. 이석봉은 문학 가르치는 멋진 스승의 해박함에 빠져들었고 박흡은 어리지만 영특하고 맑고 당찼던 이석봉의 매력에 자석에 이끌리듯 빨려들었다. 그들은 강의가 끝나면 약속이나 한 듯이 만났으며 이들 사이에는 이석봉의 숙명여전 1년 후배로 이들의 연애편지를 전달하는 매신저 추은희

---

23) 박흡, 「3 · 1절과 나- 결혼을 추억하며」, 전남일보, 1957.2.23.

24) 범대순, 「광주문학개화기 야화」, 『광주문학』, 2001 가을, 30쪽. "박흡이 만년에 중앙여고 서무과장을 한다든지 광주 고속의 경리과장을 한다든지 한 경력이 말하듯이 그가 고명한 고등학교 고대문 교사였고 시인이었음에도 불구하고 이름을 가진 동료들이 거개 전남 대학 교수직으로 자리를 옮긴 마당에 그의 대학 졸업이 확인되지 않아 교직에서 물러나는 등"에도 나타나듯이 유학문제는 앞으로 확인해야할 문제다.

25) 자유신문, 1947.2.20. "박중구 숙명여자전문학교 강사 인사차 내사"

가 있었다.[26]

박흡이 숙명여전을 그만두고 광주로 내려온 것은 1948년 즈음이다. 그가 광주로 내려오자 이석봉은 박흡이 주선하여 근무하고 있던 인천에서의 교사생활을 접고 고향 김천으로 내려갔다. 그러던 어느 날 갑자기 이석봉은 광주로 박흡을 찾아왔다. 사랑을 좇아 내려온 젊고 어린 이석봉에게 광주는 낯설지만 박흡이 있었기 때문에 아름다운 곳이었다. 가난한 노총각 박흡과 경상북도 김천의 부잣집 딸이었던 이석봉은 사제지간을 뛰어넘어 평생을 함께 하기로 양가의 허락 없이 사랑 하나만을 믿고 결혼을 감행하였다. 1949년 3월 1일 들꽃을 꺾어들고 한 박흡과 이석봉의 결혼은 파격적인 것이었다.

박흡은 광주서중에서 교편을 잡았고 이석봉은 전남여중에서 교편을 잡으면서 부부이자 튼튼한 문학적 동지가 되었다. 박흡이 참여한 문예지와 동인지에 어김없이 이석봉도 동참하면서 그들의 초기 결혼 생활을 행복으로 넘실거렸다. 그 사이 박흡과 이석봉은 아들 2명을 낳았다. 그러나 그들은 교사였기 때문에 많은 사람들의 관심대상이 되었고, 그런 관심이 이후 그들을 불행으로 이끌어 가는데 일조하였다. 세간에는 이런저런 소문들이 난무하였고 둘 사이는 점점 틈이 생겼으며 결국에는 뜨거웠던 사랑을 뒤로 하고 별거까지 이르게 되었다.

"1950년대 광주에서 가장 주목받은 여자에 이석봉이 있었는데 박흡 선생의 아내였다. 전남여중의 국어선생으로 날카로운 눈, 미모와 지성을 갖춘 젊음, 광주의 지성인들은 그를 눈여겨보지 않은 사람이 없었다. 이석봉의 주변에는 끊임없이 스캔들이 따라다녔다. 박흡의 자살 원인이 아내의 스캔들 때문이라는 생각 때문에 박흡의 친구들의 분노는 상주인 이석봉을 규탄하"[27]였다. 여기저기 들리는 이야기에는 이석봉의 처신을 문제 삼

---

26) 추은희는 후에 시인이 되었고 청주대 교수로 정년하였으며 서울에 거주하고 있다.
27) 범대순, 「광주문학개화기 야화」, 『광주문학』, 2001 가을, 29쪽.

는 측면이 강하게 전해지지만 광주의 지성인이라는 남자들의 처신도 문제였다. 가정 있는 여인에게 끊임없이 들이댔던 광주의 지성인이라는 자부했던 이들의 행실이 정당화될 수는 없는 것이다. 아마도 박흡은 이 때문에 더 괴로웠을지도 모른다.

박흡이 감각의 멈춤을 단행한 이후 이석봉은 광주를 떠나 서울로 거처를 옮긴 후 1963년 동아일보에 신춘문예에 소설 「빛이 쌓이는 해구」가 당선되어 소설가로 이름을 날렸지만 광주문단과는 평생 거리를 두었다. 이석봉의 소설 「화장장에서」는 박흡의 유서가 주인공 남편의 유서로 등장한다. 소설 속의 주인공인 부부는 박흡과 이석봉 부부의 모습을 그대로 재현하고 있다. 부부가 별거 중에 있다거나 자살했다는 등의 서사구조가 거의 일치하는 자전소설이다. 박흡이 시 「화장장」을 발표하였는데 이석봉은 소설 「화장장에서」를 발표하였다. 이들의 사랑과 이별은 피할 수 없는 운명이었다.

박흡은 독배를 들이킴으로써 감각의 멈춤을 단행하였고 당시 지방신문에는 그의 비보가 대서특필 되었다. 박흡의 독배는 광주를 떠들썩하게 한 일대 사건이었고 충격이었다. 이수복은 「박흡씨가 자살하기 까지」[28]라는 글에 유서 전문을 공개하였다.

> 생각한 나머지 이 길을 택하기로 했습니다. 생에 대한 극도의 허무감과 재기난망의 병고와 모든 것에 대한 의욕 상실-생활에 대한 염증과 여러 가지 고통에서 오는 염세증세에서 자살을 택하게 되었습니다. 그리고 지금 내가 산다는 것보다는 죽는다는 것이 괴로움이 적기 때문에 저는 가는 것입니다.[29]

28) 이수복, 「박흡씨가 자살하기 까지」, 『현대문학』, 1963.9, 290~293쪽.
29) 이석봉, 『화장장에서』, 성문각, 1966, 15쪽.

3. 시인의 길

박흡이 처음으로 문단에 이름을 낸 것은 1947년 5월 8일자 경향신문에 「젊은講師」를 발표하면서 부터이다. 다음은 그 전문이다.

그대 손길은 時間 마다의 化粧에 어질어지고
그대 허파에는 月蝕과같이 石灰巖이 돋아오르고
그대 聲帶는 象皮病은思索에 지친 그대 얼굴칠판 앞에 더 蒼白하다
초라한 풍색
메마른 몰골
모두가 그대 호주머니의 象徵-
그러나 그대 머릿속의計算機는
數字 잊고 肥科學에 골몰하다
분필 가루 같이 지처 돌아가는 그대 집에
기다리는 건 항상 氷圈과같은 몸과 맘의 주림 뿐이다
知識의 장사치는 아니되리라고
아우성치는 장거리를 異國인 양말뚝같이 지나다

—「젊은 講師」, 경향신문, 1947.5.18

위의 시는 그가 숙명여전에서 강의를 하고 있을 때 발표한 작품으로 추정된다. 이 시에서 그의 자의식을 분명하게 읽을 수 있는데 그것이 바로 '지식의 장사치는 아니되리라'는 것이다. 지식을 파는 자가 되지 않겠다는 선언 속에서 그가 걸어온, 그리고 그가 앞으로 걸어고자 하는 확고한 신념을 볼 수 있다. 숙명여전에 근무하면서 서울의 일간지에 작품을 계속 발표하기 하였지만 그가 본격적으로 작품 활동을 한 것은 광주에 정착한 뒤부터이다.

박흡의 생애를 통해 확인하였듯이 그의 삶은 결코 단순하지 않다. 이리 농림중 시절부터 시작한 항일운동과 일경에 검거와 구금, 대학강사와 중고등학교의 교사, 서무과장 등의 이력은 단편적이지 않은 삶을 대변한다. 다양한 이력만큼이나 삶 또한 생의 고비를 넘겼을 터이다. 특히 항일운동 과정에서 겪었을 고초는 존재에 대한 끊임없는 물음으로 이어졌을 것으로 추정된다. 그의 시세계가 '죽음'으로 일관하고 있는 것도 무관하지 않다. 그것은 현실을 초월하기 위한 의식이었다.

물이 충충해서가 아니라 바닥이 안보이는 것은 너무 깊어서입니다.
물결이 거츨어서가 아니라 푸른 하늘이 안보이는 것은 구름이 끼어서입니다.
내가 사는 이 못이 비록 좁기는 하나
이끼 낀 돌틈마다 오랜 이야기를 지닌 늙은 고기들이 살고
三年 가뭄에도 오히려 마를 줄을 모르는
五天年 歲月을 거느린 묵은 못입니다.
구름 걷히면 해와 달이 이 안에 뜨고
바람 자면 숲과 山岳이 이 안에 펼쳐질 것입니다.
먹 같은 어둠이 萬象을 삼키는 그믐 밤에도
보십시오, 못은 구슬 같이 화안히 빛나지 않습니까
季節 따라 철없는 候鳥들이 자주 자리를 더럽힐 지라도
당신과 나는
이 위에 아름다운 무늬 그리며 여기 삽시다.

—박흡, 「못」[30)]

광주서중에서 국어교사로 재직 중일 때 썼던 시로 추정되는 「못」은 그의 대표작으로 인식될 만큼 강한 인상을 남긴 작품이다. 이 시를 쓸 무렵

30) 박흡, 『신천지』 47, 1950.6.

은 제자 이석봉과 15살의 나이차를 극복하고 신혼생활을 시작할 때였다. "나는 삼십보다 불혹에 가까운 어느 나이에 비로소 결혼을 할 때 그날을 3월 1일로 택했던 것이다."[31] 어린 제자와 3월 1일 결혼식을 하고 6월에 발표하였다. 세상 만물, 모든 것들이 아름답게 보이던 때 쓰고 발표했기 때문에 충만한 자의식이 그대로 드러나고 있다.

이 시는 '나무꾼과 선녀'가 라는 우리들의 오랜 이야기가 담겨있다. 정겨움을 이끌고 있는 시의 화자가 '못'이다. "오천년 세월을 거느린 묵은 못"으로 "오랜 이야기"를 지닌 따뜻한 공간이다. 해와 달과 숲과 산악이 머무는 공간이자 "어둠이 만상을 삼키는 그믐 밤"에도 빛나는 공간이다. 이것은 원형의 공간, 생명 창조의 공간을 의미한다. 순진한 물위에 "아름다운 무늬"를 그리며 살고픈 희망의 공간이기 때문에 "철없는 후조들이" 순진한 물의 원형을 파괴할지라도 파괴되지 않는다. "당신"과 "나"가 그리는 '아름다운 무늬'는 사랑이 충만한 가정인 '못'에서 만들어진다는 것의 의미화이다. 그러나 이 시처럼 삶에의 충만과 희망을 그리는 시는 찾기 어렵다.

아아 사랑하는 나의 늪이여! 길이 福되어라
물은 가득차 사철 넘실거리고 끊임 없이 흘러
넓은 들과 목마른 마을을 구비 돌아
五穀을 豊登케 하며 많은 福을 베풀어라
그속에 사는 魚별은 다양하게 번식하여
물줄기 따라 다섯 뭍과 일곱바다에 충만하라
내 오랜 나의 세월을 다 셈한 後
이 자리에 말없이 쓰러지는 날에는
아무도 몰래 네 城 아래 이름 없이 고요히 누우리라

—박흡, 「말뚝의 노래」 부분[32]

---

31) 박흡, 「3 · 1절과 나—결혼을 추억하며」, 전남일보, 1957.2.23.

사실 이 시는 해군 목포경비부 정훈실에서 대외정훈 공작을 위하여 발간한 『갈매기』의 창간호에 실려 있는 시이다. 해군 목포경비부 정훈실에서는 정훈공작을 위한 『전우』와 『갈매기』를 발행하였는데 『전우』는 주간지이고 『갈매기』는 월간지이다. 『전우』는 대내 공작활동으로 출발하였으나 경비난으로 13호 이후에는 민간으로 이관하였고[33] 『갈매기』는 4호를 종간되었다. 그것의 발간 배경에는 "재목포, 재광주 문화인의 정신무장으로 현하성전을 완수코저 총탄에 보행하여 필봉으로 총진군을 개시"[34]하기 위한 것이었지만 문학인들의 작품 발표의 장[35]을 제공하였다. 따라서 6 · 25한국전쟁이 한창이던 때 쓴 시이라는 점을 감안하면 '말뚝'의 의미는 더 명징해진다. '말뚝'은 늘 누군가를 기다리는 사람이다. '말뚝'이 깊은 땅속의 오대양 육대주를 엿보면서 "말없이 쓰러지는 날"에 "네 성아래 이름 없이 고요히 누우리라"고 천명한다. 한 자리에서 떠나지도 못하고 온몸으로 맞이하겠다는 것인데 그것은 바로 죽음이다.

이렇게 삶과 죽음을 넘나들 수밖에 없는 외적 조건의 영향도 컸지만 그의 시는 죽음에 대한 물음으로 일관된다. 여러 편의 글을 통해서도 확인되듯이 어쩌면 죽음은 현실과 타협할 수 없었던 그의 생래적 기질이었는지도 모른다. 다음은 그가 쓴 글의 일부이다.

> 이 해에는 더욱 救靈問題에 오로지 마음을 쓰려고 합니다. 사람이란 언제 죽을지 모르니까 죽음에 대한 마음의 준비를 갖추어 언제든지 당황하지 않을 차비를 하고 있어야겠습니다. 그리고 날이 따뜻해지면 저자에 나가 板한번을 사서 알뜰한 목수에게 부탁

---

32) 박흡, 「말뚝의 노래」, 『갈매기』 창간호, 1951.2.

33) 해군목포경비부 정훈과, 『해군목포경비부 연혁사』, 1952.12.31, 191쪽.

34) 해군목포경비부 정훈과, 위의 책, 1952.12.31, 173~174쪽.

35) 『갈매기』 창간호 외에는 아직 서지를 확인하지 못하였다. 창간호에는 조희관, 김현승, 장병준, 목일신, 이수복, 박흡, 정송해, 차범석, 김해석, 이가형 등 참여하고 있는 것을 통해서 문예지 성격을 띠고 있음은 확인된다.

하여 관을 하나 짜두려합니다. 이것을 내방에 놓고 책상삼아 쓰면서 친숙해 두었다가 세상을 졸업하는 날 변없는 아내나 철부지 어린것들이 이런일로 당황하지 않도록 대수택(手澤)으로 빛나는 이 침실을 쓰게하고 싶습니다.[36]

이 글은 비가시의 세계인 영혼과 '죽음'을 대하는 자세를 알게 한다. "언제 죽을지 모르니까 죽음에 대한 마음의 준비"를 해 놓기 위하여 "관"을 짜두고 죽음과 친근하게 지내고 싶다는 것에서 죽음과의 친근성을 볼 수 있다. 인간에게 죽음은 쉽게 정리할 수 없는 문제다. 고대로부터 서양의 정신사에서도 죽음에 관한 철학적 논의는 끊임없이 이어지고 있다. 죽음은 영혼과 육체의 분리요, 꿈 없는 잠이요, 모든 감각의 상실이며, 형벌이자 은혜요 구원이다 등등을 명제는 여전히 유효하다. 또한 삶의 진정한 목적이 죽음이며, 죽음과 종교의 문제를 넘는 생사불이며, 주관성의 파괴이자 타자와의 관계를 맺어주는 근원적 조건이라는 명제 역시도 죽음에 대한 물음이다. 박흡 역시 삶과 죽음에 대한 끊임없는 질문을 통해 실존적 위치 찾기를 하고 있었던 듯하다. 위 글에서 보여주는 것처럼 삶과 죽음은 하나라는 생사일여의 세계관을 견지하고 있기 때문이다.

죽음은 오직 나 하나의 財産
내게 아직도 죽음이 남아 잇는 恍惚함이어

봄날 가티 노지근한 絶望 속에
밋업는 떨어지듯 외로울때

三從 氷獄에 쓰러져
임의 이름 목매어 부를때

36) 박흡, 「새해설문」, 전남일보, 1957.1.24.

삶의 가시덤불에 피투성이되어 허덕일때
그리고 내 가슴의 森林에서 비둘기 때가 날아갈 때
죽음은 화려한 新婦인양 나를 손짓하나네
언제고 마음 노코 그 품안에 발 씨들(?) 수 있는 기쁨이어

—죽음은 사나운 짐승처럼
서럼조차 마구 먹어버린다—
이 지친 육신이 갈 곳은 오직 한 개 무덤 뿐
눈 감으면 성지처럼 무리속에 떠오르나니

어둠 속에 서늘한 光 화안히 빗나는 구슬처럼
죽음은 내 가슴에 보배로워라

모든 사람들 그를 실허하고 그를 미워하고
逃避니 卑怯이니 욕하더마마는

죽음은 나의 希望
무덤은 나의 宮殿

삼키기 아까운 果實처럼
내 아껴 죽음을 품다

—「죽음頌」37)

민족, 국가, 공동체마다 그 안에서도 받아들이는 죽음은 저 마다 다르다. 개개인 역시 죽음을 인식하고 받아들이는 방식이 다를 수밖에 없다. 삶의 목적이 죽음이라던 쇼펜하우어나 죽음은 개개인의 가장 고유한 가능성이라고 한 하이데거의 철학적 논의는 이 시에서 유효하게 작용한다.

---

37) 박중구, 평화일보, 1948.8.7.

"죽음은 오직 나 하나의 財産"이라거나 "내게 아직도 죽음이 남아 잇는 恍惚함이어"에 드러나듯이 죽음은 절망적이지도 비극적이지도 않다. 다만 특정한 때인 "외로울때" "임의 이름 목매어 부를때" "허덕일때" "내 가슴의 森林에서 비둘기 때가 날아갈 때"만 죽음이 "화려한 신부인양 손짓"한다. "무덤"은 "성지"이며 "죽음"은 "내 가슴에 보배"이기 때문에 현실도피의 공간은 아니다. 모든 사람들이 미워하고 "도피"와 "비겁"이라고 욕할지라도 "죽음은 希望"이며 "무덤은 宮殿"으로 담담한 관조의 눈으로 바라보는 세계일뿐이다. 마지막 행에서 표출하고 있는 바처럼 인간은 "죽음을 품"고 사는 존재로 화자의 시선은 이미 '죽음'의 기표를 초월하고 있다. '죽음'의 기표가 생산해내는 일차적 의미의 죽음이 아니라, 기의 속으로 미끄러져 들어가 삶을 초월하고 있는 것이다. 시의 제목에까지 '죽음'을 명시적으로 드러내고 있는 점에서 죽음의식의 단면을 볼 수 있다.

박흡이 '죽음'에 착목할수록 시는 신에 대한 간절한 기도로 변모된다. '판을 사서 목수에게 관을 짜서 방에 두겠다'는 것은 공간으로 이동의 차원을 넘어선다. "나의 참회가 끝나도록 때를 주시는 하느님의 엄한 仁慈속에서"(「새해에」[38])라든가 "너는 왜 燐光처럼 비벼도 비벼도 꺼지지 않고" "나를 分裂시키는 못난 遺物!"(「惡의 初段」[39])이냐고 소리치는 것도 구원의 문제와 맞물려 있다. 그에게 죽음은 절대자에게 가는 하나의 과정, 일종의 의례에 불과할 뿐이다. 존재에 대한 근본적인 물음은 구체적으로 '죽음'의 기표이다. "毛冠 있는 씨앗처럼/어디론지 날아 가 버리고 싶다"거나 "내가 부끄러워 깊은 껍질 속에/뚜껑을 덮고 숨어 사오//자지라지고도 싶습니다만/타고난 목숨이야 어이합니까"(「우렁」[40])나 "몇 잔 술에도 저를 잃어 버리는/육신이란 얼마나 시푼 것이냐"(「姿勢」[41])도 죽음이 깊게

38) 박흡, 「새해에」, 호남신문, 1955.1.8.
39) 박흡, 「惡의 初段」, 「현대문학」, 1959.10.
40) 박흡, 「우렁」, 『시와산문－호남 11인집』, 항도출판사, 1952.

내면화 되고 있음을 보여준다.

책상위에 있는 반들반들 칠한 해골을 들고서 어루만졌다[42]는 것과 「조선순교사」[43]나 「조선순교복사열전」을 일독[44]한다는 것을 보면 죽음이 공포의 대상은 아니고 그리스교적인 원죄의식과 닿아있는 것으로 보아야 할 것이다. 시에도 원죄와 구원의 문제가 그대로 표출되고 있다. 그가 탐독했다는 책을 보면 가톨릭에 가까워 보이나 어떤 종교인가보다 시가 절대자를 향하고 있다는 점이 중요하다. 구원과 죽음의 동일성은 그의 '죽음'을 푸는 단초를 제공하고 있다.

4. 시인 박흡과 광주전남의 문단

박흡이 문단에 나온 초기에는 본명 박증구를 썼고, 歸山, 歸山生이라는 필명으로 몇 편의 작품을 발표하기도 하였다. 이후 대부분은 박흡이라는 필명으로 활동하였다. 호적의 이름도 박흡으로 바꾸었다. 박흡은 한국전쟁이 발발하여 서울에 있는 대학들이 문을 닫게 되자 광주로 내려와 잠시 조선대학교에서 강사를 하였[45]다고 하지만 1948년을 즈음해서 광주로 내려왔던 것으로 추정된다. 광주서중[46](1949~1952)에서 국어교사로 재

---

41) 박흡, 「姿勢」, 『현대문학』, 1957.4.

42) 이해동, 앞의 글, 25쪽.

43) 1944년 일본 오오사카(大阪)에서 일본어로 간행된 조선(朝鮮)의 순교사. 저자는 일본인 신부 우라까와 와사부로(浦川和三郎). 판형은 국판(菊版). 면수는 811면(面). 1592년에서 1846년까지, 즉 임진왜란(壬辰倭亂)에서 김대건(金大建) 신부 순교까지의 내용을 담고 있다. 서에는 조선인의 순교정신 현양과 내선일체(內鮮一體)라는 저술동기가 밝혀져 있고, 7장(章)으로 된 본문에는 조선 순교사가 서술되어 있으며, 끝으로 권말(卷末)에는 79위 순교복자의 분류표와 정하상(丁夏祥)의 ≪상재상서≫(上宰相書)가 역술, 수록되어 있다.

44) 박흡, 「새해설문」, 전남일보, 1957.1.24.

45) 이해동, 「비운의 시인 고 박흡과 나」, 『광주문학』, 광주광역시 문인협회, 2001 봄, 24쪽.

46) "박흡씨…… 고등학교로의 전직을 고집했고 광주서중에 태연 잔류하시는 씨는 연대와 조대에 강사로 나가신다고" 「문인동정」, 『新文學』 2, 1951.2, 77쪽. 「조대신문」 677호, 1997.10.1 참조.

직하면서 문총구국대 전남지대에서도 활동하였다. 전남지구 전투사령부 정훈과에서 공모한 「20연대가」도 그의 작품이다.[47] 국군 11사단 20연대가 광주를 수복하였을 때 쓴 작품이다. 그런 혼란한 시기에도 『國語國文學要覽』를 발간하였다. 『國語國文學要覽』은 인명, 서명, 가곡명, 작품명, 문학사, 문법, 국문학사, 국어국문학 전반에 걸친 중요 항목을 망라하고 있어서 우리나라 최초의 국문학소사전이다.[48] 하지만 아직까지 원천자료의 존재도 확인되지 않고 있다.

1952년 10월 15일 부터 광주고등학교로 발령을 받아 1955년까지 재직하였다.[49] 광주고등학교에 재직하면서부터는 문예부 학생들을 지도하였다.[50] 당시 광주고등학교에 강태열, 박봉우, 윤삼하, 주명영이 동인으로 활동하면서 발간한 『常綠集』[51]과 졸업 후 정현웅, 김정옥, 박성룡, 강태열, 주명영, 박봉우가 동인으로 활동한 『零度』[52]가 있었는데 지도교사 중의 한사람이 박흡이었다.[53] 박흡의 지도를 받았던 이들은 1950년대 후반부터 한국문단의 주역으로 성장하였다. 광주고등학교가 많은 문인을 배출한 것도 박흡이 다져놓은 초석 위에서였다고 해도 과언이 아니다. 또한 『學生文藝』를 주간하여 학생들에게 작품 발표의 장을 제공하였다. 이런

---

47) 전남일보, 1951.2.13.

48) 광주서중 교지 참조(1951년도 교지 추정, 박흡이 남긴 스크랩북에 있다).

49) "광주고등학교의 넓은 사택을 점유하더니 愛花會를 발기한다. 미국으로 꽃씨를 주문하다…… 이제야 자연으로 돌아갈 모양?" 「문인꼬십」, 『新文學』 4, 1953.5, 159쪽.

50) 문예부 학생들의 지도교사이기도 했다. (『광고』 3, 1954) 교지인 『광고』 2, 4, 5집에 그의 시가 실려 있다.

51) 『常綠集』은 4인 시집으로 강태열, 박봉우, 윤삼하, 주명영, 광주고등학교에 재학 중에 만든 동인시집이다. 박흡이 서문을 썼다. 가르친 학생들이었던 연고로 서문을 쓴다고 밝히고 있다.

52) 『영도』는 광주고등학교 학생들을 중심으로 발간한 동인지로 총 4권이 발간되었는데 2권이 박흡이 재직중이떤 발간되었고 2권은 1966년도에 발간되었다. 박성룡, 김정옥, 정현웅, 주명영, 박봉우, 강태열이 창간동인들이다.

53) 오덕렬, 「한국문학의 중심 "광고문학"」 오덕렬의 블로그 참조(오덕렬은 광주고등학교 교장으로 재직 중일 때 광고문학관을 개관하였으며 광주문인협회회장을 역임하였다).

공적은 광주전남문단에서 그를 빼놓고 논할 수 없다. 박흡은 사실상 광주전남의 1950년대 시문단을 이끈 핵심인물이었다.

광주고등학교를 그만둔 뒤에는 광주여객에서 경리과정을 한 뒤 광주중앙여중고의 설립을 주도하면서 서무과장 겸 교사로 실질적으로 학교를 맡아 운영을 하였다. 1959년 12월 26일 학교법인 죽호학원(이사장: 박인천)이 설립인가를 받고 중앙여중고는 1960년 3월 개교했으니 학교를 운영[54]하기 전에는 고혈압과 당뇨병 때문에 입원과 퇴원을 거듭하면서 요양하였다. 약간의 정신병적인 증상까지 동반하고 있었던 것으로 추정되지만[55] 그것을 극복하고 학교의 설립과 운영을 도맡을 수 있었던 것은 특유의 정직함과 책임감이 작용한 것으로 보인다.

박흡이 1950년 6월『신천지』47호에「못」을 발표하면서부터 문단에 등장했다는 일부 기록들은 잘못된 것들이다. 앞서 언급하였듯이「젊은講師」를 1947년 5월 8일자 경향신문에 발표하였기 때문이다. 이후 동인활동에 적극적으로 참여하면서 작품활동을 활발히 하였다. 그는 1951년 2월 1일 창립한『갈매기』,[56] 1951년 6월 1일 창립한『新文學』의 창립동인이다.[57] 1952년 9월 5일 창립한『시정신』[58] 1953년 10월 5일 창립한『시

---

54) 이해동, 앞의 책, 24쪽(그러나 중앙여중고에는 그에 관한 기록이 없다. 학교설립 초기 행정을 도맡아 운영하였기 때문에 자신의 이력서나 발령일자 등이 굳이 필요하지 않았을 것으로 추정된다).

55) 이수복, 위의 글, ""제길 암컷을 보고 안 운다고만 저 성화니 돌지 않았는지 몰라." 손철씨의 이 말을 듣자 찰라 나는 뭐랄까 뒤통수에 무슨 강타같은 것을 받는 것 같았다. "암컷이라고 가르쳐 주구려" "그러면 곧이들을 것 같어? 금시라고 골을 울릴 것 같은디" 손철씨의 이 반문에 나는 어찌된 셈인지 고개를 끄덕이고 말었다."

56) 1951년 2월 1일 창립한『갈매기』의 창립회원은 조희관, 이가영, 장병준, 백상건, 이진모, 장덕, 김방한, 차범석이며 4호까지 발간되었다. 이것은 한국전쟁 발발 이후 모든 출판계를 통틀어 최초의 월간지이며 피난 온 문인들의 작품 발표의 장이 되었다.

57) 1951년 6월1일 창립한『신문학』의 창립회원은 김현승, 장용건, 박흡, 손철, 이동주, 백완기, 승지행, 고문석이며, 광주를 중심으로 활동하였다.『신문학』은 1953년 5월 4호까지 발행되었다.

58) 1952년 9월 5일 창립한『시정신』은 시전문지로 광주와 목포에 거주하는 문인들이 중심이 되어 결성되었다. 창립회원으로 김현승, 서정주, 이동주, 박흡, 손철, 장용건으로 5

와산문』의 창립동인[59]이다. 뿐만 아니라 호남신문과 전남일보를 비롯한 다수의 신문에 작품을 발표하였고 평론과 서평도 연재하였다. 물론 광주 전남의 시문단의 형성과정을 정리하는 글을 여러 지면에 발표하기도 하였다. 또한 『학생문예』와 해군목포경비부에서 발행한 월간 잡지 『갈매기』의 편집인을 역임하기도 하였다.

박흡은 광주전남문단이 터를 잡는데 기여하였을 뿐만 아니라 중앙의 문인들과 교류도 활발했다. "김동리씨로부터 박흡씨에게 수교토록 부쳐온 책자를 전해주려고 자택으로 찾아갔다"거나 "김동리씨가 우송하여온 손소희여사의 장편소설 『태양의 계곡』과 창작집 『창포필 무렵』을 전해주었다는 것, 『예술세계』를 가져다주러 갔다"는 것, 그리고 "『예술학보』를 전해 준 것"[60] 등은 지역에 뿌리내린 그의 문학적 위상이다. 김동리는 박흡에게 김현승이 다시 시를 쓰려고 한다며 찾아왔다는 이야기를 할 정도였다.

그는 시인 정지용과도 교분이 두터웠다. 이석봉과 결혼을 반대하는 장인장모를 만나러 약속한 대구 어느 호텔에서 우연히 정지용을 만났다. 사정을 들은 정지용은 그런 문제라면 다 알아서 해결해 주겠노라고 큰소리를 쳤다. 그런 정지용 때문에 오히려 일은 더 그르치고 말았다. 정지용의 말에 장인과 장모는 자리를 박차고 일어서고 말았던 것이다. 교수라는 사람의 행색이 초라하고 말하는 것이 세련되지 못하였다는 것 등이 그 이유였다. 박흡은 그것이 정지용과의 마지막 만남이었다고 술회하면서 어떻게 지내고 있을지 걱정스러워도 하고 있다. 그 내용은 산문 「三・一節과

집까지 발간되었다. 5백부 한정판으로 1952년 9월 5일 창간된 「시정신」은 1954년 6월에 2집, 1955년 5월 1일에 3집, 1956년 9월19일에 4집, 1966년 2월 10일 5집을 끝으로 중단되었다.

59) 1953년 10월 5일 창립한 『시와산문』의 창립회원은 전남에서는 김현승, 박흡, 이동주, 박정온, 김악, 이석봉이며, 전북에서는 이병기, 신석정, 서정주, 김해강, 백양촌이다. 창립당시 박정온이 전남의 회장을, 신석정은 전북의 회장을 맡았다.

60) 이수복, 앞의 글, 『현대문학』, 1963.1.

나」에 실려 있다.

한편 광주전남문단을 이끌었던 김현승과 박흡은 1950년대 중반부터 사이가 좋지 않았다.[61] "김현승과 박흡은 서로 맞지 않아 심히 싸웠다는 얘기를 들은 적이 있는데 그 원인은 잘 모른다"[62]고 적고 있다. 하지만 사건의 정황은 "1950년대 중엽 광주 충장로 노벨다방 계단에서 김현승 선생이 박흡선생의 불알을 걷어 찬 사건은 박흡이 입원하고 고소하는 등 법정으로까지 비화"[63]되면서 부터였다. "조영암의 제일차 하와이 사건을 항의하기 위한 모임의 주도권 다툼이 있었다. 약속한 회의 시간에 김현승이 나타나지 않자 부득이 그가 없는 자리에서 결의를 하게 되었는데 그 모임의 대표에 박흡이 선임되었다. 이후 김현승은 그 모임을 거부하였다. 그리고 그들과 반목이 시작된 것이다"[64]와 "김현승과 박흡은 라이벌 의식이 작용하고 대립되고 사이가 좋지 않았다. 반목이 깊어 서로 외면까지 하였다."[65] 이후 김현승은 숭실대학교로 서울로 떠났고 거기서 일명 수색사단을 이끌었다. 박흡은 독배를 마시고 이승의 삶을 마감하고 말았다.

5. 꽃과 새와 함께

특히 박흡은 화초 기르는 것에 남다른 애정을 갖고 있었다. 그가 화단을 가꾸고 화초를 기르는 것은 시인들 사이에서 유명했다.[66] 그가 쓴 산문에

---

61) 김광일, 「대쪽보다 더 단단했던 대추씨 선생」, 『김현승시논평집』, 숭실대학교출판부, 2007, 367쪽.

62) 박정온, 「해방공간-6 · 25 전후의 광주 · 목포문인들」, 『광주전남문학동인사』, 한림, 2005.

63) 범대순, 「광주문학 개화기 야화」, 『광주문학』, 가을, 광주광역시문인협회, 2001, 28쪽.

64) 범대순, 위의 글, 28쪽. 범대순은 이 글을 통해 비교적 당대의 광주문단의 분위기를 자세하게 설명하고 있는데 대체적으로 당시의 광주문단은 반 김현승 정서가 팽배했던 것으로 적고 있다.

65) 이해동, 앞의 책, 25쪽. 일설에는 박흡과 사이가 좋지 않아 서울로 가버렸다는 말이 들리기도 한다. 김현승은 1960년에 서울로 이주하여 숭실대학교에서 교수로 재직하였다.

66) 각주2) 참조. 「문인꼬십」, 『신문학』 4, 신문학사, 1953.

서도 화초 가꾸기에 얼마나 많은 정열을 쏟았는지 확인된다.[67)]

> 꽃 좋아 하는 몇몇 친구끼리 만나면 서로 농담하여 '花狂'이라 부르고 '요새 狂病은 어떻습니까' 이렇게 인사한다 그리고 무슨 所得이나 있을 법하면 눈이 쌓인 아침이건 비 오는 궂은 날이건 不遠千里하고 서로 십쓸려 遠征을 나가 더러는 헛탕을 치고 운이 좋으면 우스깡스런 풀뿌리 몇 개를 무슨 寶物이나처럼 소중히 떠받고 喜色이 만면하여 돌아 오는 것이다. 숨은 同好者를 알게 되고 또 연줄을 얻어 다른 同好者를 紹介 받고 하는 사이에 情은 두터워지고 親分은 十年知己처럼 가까워진다. 알지 못할 좋은 花草나 花木을 가지고 있는 同好人을 發見할 때 金鑛쟁이가 노다지脉을 찾아낸 것처럼 기쁜 것이다. (「나와 화초」)

위 글에서 드러나듯이 그는 "화왕"이었다. 꽃과 화초를 사랑하는 사람이었고 꽃과 화초의 생육과 생장을 살피는데 일가견이 있는 사람이었다. 이리농림시절 배운 기술을 한껏 발휘한 것일 터이다. 그는 식물을 무척이나 사랑하는 사람이었다. 멀리 미국이나 일본으로 화조를 주문할 정도로 꽃과 화초를 사랑하였고 광주농고에 나눠줄 정도였다. 그리고 많은 새를 기른 것으로도 유명하다. 그는 세간의 출세나 자신을 내세우기보다는 꽃과 새들에게 정성을 기울인 점으로 보아 소심하고 섬세한 감각을 지닌 감성적인 사람인 것으로 보인다.

박흡은 "작달막한 키, 오동포동한 체구에 조금 무뚝뚝한 편이어서 남들은 사귀기가 어렵다고 하였으나 사귀면 사귈수록 동심어리고 순진하였다. 박시인은 애환 소조를 사랑했고 선인장 수집에 열을 올리고 있음을 살펴보아도 그는 결코 거만하거나 자아에 빠지지 않"[68)]는 "개방적이고 소탈

67) 박흡, 「나와 花草」, 『시와산문-호남 11인집』, 향도출판사, 1953, 60~61쪽.
68) 이해동, 앞의 책, 25쪽.

한 성미인데다 술도 좋아하는 편이어서 누구와도 잘 어울렸고 대하기가 수월"[69]한 사람이었다. 그런 사람이었던 박흡은 광주중앙여고 서무과장 겸 교사로 재직 중이던 1962년 10월 17일 자살로 생을 마감 하였다. 이해동은 그런 그를 늘 가슴에 품고 살면서 그를 추억하곤 하였다. 다음의 시는 이해동이 그를 추모하며 쓴 시이다.

수리일 수가 없고
제비처럼 날 수 없어
후미진 곳서 외롭게 살다
피 토해 가버린 산비둘기여

도깨비술 소주보다
텁텁한 막걸리가 서로 좋아서
바지가랑이는 얼룩이 져도
우리들의 거리는 멋이 넘쳤네

그치들은 때묻은 과거를 변신하고
그치들은 자리에 현혹되고
그치들은 실없이 날뛰고
그치들은 잘난 체 하고
그치들의 시는 염통에서가 아닌
손재주로 쓰던 무리들
우리들은 빛보다 멋진 멋에
자유로운 날개를 활짝 펴
속박으로부터 해방돼
술잔은 넘쳐 흘렀지

---

69) 박정온, 위의 글, 『광주전남문학동인사』, 한림, 2005.

그 때 자네는 가르치는 스승이었지
잉꼬 문조 십자매 등을 길렀고
용설란 백년초 등 선인장을 벗 삼었지
내사 실직으로 장서들을 팔아
끼니를 이어가는 가난뱅이였으나
우리들은 누구의 노예가 될 수 없었고
황야의 백합화이고자 했었지

이제 나는 홀로일세 자네가 남기고
간 <지하순금>은 자취를 감추고
두들기면 메아리치는 <종소리>도 멀며
<동해>는 시름에 절어 있고
가까운 황룡강을 울먹이며
자네가 없는 술거리는 쓸쓸할 뿐

허공에 사라진 스승이여
물거품이 된 가르침이여

세상 온통 시비투성인데
허무한 사랑, 동호에게 채여
잡초 속에 묻힌 한이여
춥고 스산한 겨울바람에
외롭게 떠난 산비둘기여
술잔을 들어도 텅텅 빈 정
이 사람아 꼴들이 보기싫어도
나를 보고 참고 견디었어야지

—「외로운 산비둘기-고 박흡을 추도하면서」 부분
(이해동, 『나의 태양』, 죽순문학사, 1983)

이해동은 박흡이 자살하기 전날 새벽까지 함께 술을 마신 시인이자 언론인이다. 둘은 두터운 정을 나눈 사이였다. 박흡이 자살로 생을 마감한 비운의 시인이지만 이 시에 드러나듯이 박흡은 정이 많은 사람이었고 변모술수를 몰랐으며, 잘난 체 하지 않은 사람이었던 것으로 보인다. 그는 손으로 시를 쓰기 보다는 가슴으로 시를 쓴 사람이었던 것이다.

6. 문학적 인연들

박흡은 천상 시인의 길을 걸을 수밖에 없는 운명이었다. 그가 생전에 중앙의 문인들과 친분이 두터웠다는 사실을 앞에서 언급하였는데 그 인연은 그의 아들에게도 이어지고 있다. 박흡이 독배를 마시고 생을 마감할 당시 큰 아들(박영)은 광주서중 1학년, 둘째 아들(박경)은 광주중앙초등학교 5학년이었다. 박흡의 두 아들은 어느새 박흡이 독배를 마실 때보다도 더 나이를 먹은 중년이 되어 있었다. 그들에게 박흡은 많은 인연들을 남겨두고 있었다.

세상의 인연은 감각이 멈추었다고 해서 끝난 것이 아니다. 박흡이 일찍 세상을 등졌다고 해서 문학판의 인연까지 사라진 것은 아니었다. 박흡과 김윤성 시인은 생전에 목포에서 창간되었던 『시정신』을 비롯하여 중앙의 문예지에 같이 활동 하였다. 그 인연은 끊을 수 없는 것이었던 걸까. 박흡의 장남과 김윤성의 장녀는 결혼함으로써 즉 박흡과 김윤성은 사돈지간이 되었다. 이들의 결혼식 주례는 소설가 김동리가 보았다. 앞에서 박흡은 생전에 김동리와 손소희와는 각별한 사이였다고 하였는데, 김동리가 장남인 박영의 결혼식 주례를 함으로써 사후에도 인연은 끊어지지 않았다. 또한 박흡 장남(박영)의 동서는 서정주 시인의 동생 서정태 시인의 아들이다. 박흡과 서정주, 서정태도 함께 동인활동을 한 적이 있는데 박흡은 떠난 뒤에도 문학판에 많은 인연들을 거느리고 있다.

평론가 정봉래는 그의 죽음과 관련해 많은 것을 알고 있는 사람이었다. 그의 사후에 발표한 「落照의 詩人－非命의 朴洽」이라는 글에는 박흡에게 대립각을 세웠던 인물에 대한 간접적인 평가와 더불어 박흡에게 들었던 작품의 표절에 관해 언급을 하고 있다. 이것을 보면 표면적으로 알려지지 않은 문제가 있는 듯하다.

손광은은 "시인이 가고 나니 문단을 이끌었어도 연구된 것이 없다. 후손들과 연락 닿는 사람도 없다. 손철 선생과 친하게 지냈는데 손철 선생도 돌아가셨다. 친분이 있었던 사람들에게 연락을 해 보았으나 유족을 아는 이는 아무도 없다."[70]며 관심부족에 대한 아쉬움을 토로했다. 1950년대 광주전남의 시문단을 활발하게 이끌었던 박흡이 남긴 것이라고는 그때 썼던 작품들뿐이다. "후학을 가르치는 한편 창작열이 뛰어나 광주문단에 활력을 불어넣었다. 그리하여 광주에 문단을 형성시킨 계기를 만들었으며 문학인의 배출에 끼친 영향"[71]이 컸던 박흡이다.

올해는 박흡의 탄생 100 주년이다. 이제 항일 운동가이자 교육자였으며 행정가였고 시인이었던 박흡을 다시 호명하여 그의 시적 성과와 광주전남의 문단에 기여한 공로가 평가되어야 할 시점에 와 있다.

---

70) 손광은의 회고, 2010.10.20.
학술발표회에서는 아들 두 명이 있는 것으로 전해지지만 유족들의 단서를 찾지 못하였다고 적었으나 이후 박흡의 큰아들인 박영을 만났다. 박영을 만날 수 있었던 것은 박흡의 숙명여전 제자이자 이석봉의 후배인 추은희 시인을 통해서였다. 시인 추은희는 청주대 교수를 지냈으며 박흡과 이석봉의 연예편지를 전달하는 역할을 하였다.
71) 광주광역시홈페이지 참조.

연보

박흡의 시연보

연번	작품	게재지	연도	비 고
1	젊은 講師	경향신문	1947.5.18	
2	薔薇	평화일보	1948.4.25	
3	哀戀頌	평화일보	1948.6.2	
4	죽음頌	평화일보	1948.7.7	
5	돌틈에 난 풀	평화일보	1948.8.11	
6	모래	서울신문	1948.9.8	호남11인집 재수록
7	鍾	서울신문	1948.12.24	현대문학, 1956재수록
8	落葉	우리문원	1949.11	
9	火葬場	우리문원	1950.2	
10	地下純金	동광신문	1950.4.4	
11	初夜賦	주간서울	1950.5.15	
12	詩	호남공론	1950.5	
13	못	신천지	1950.6	
14	願	전우	1951.1	
15	二十聯隊歌	전남일보	1951.2.13	문총구국대공모수상작
16	말뚝의 노래	갈매기	1951.2	
17	首都復活	전남일보	1951.3.18	
18	주름살	상록	1951.4	
19	蚯蚓傳	교육신문	1951.5.7	
20	참새의 노래	갈매기	1951.5	
21	독수리	신문학	1951.5	
22	砂漠	신문학	1951.5	
23	토끼	해바라기	1951.6	
24	우렁	함성	1951.6	호남11인집 재발표
25	八·一五에 부치는 詩	전남일보	1951.8.15	
26	피를 뿌리라	교육신문	1951.8.20	
27	茶房	젊은이	1951.8	
28	門	학생문예	1951.9	
29	고래	전우	1951.9	
30	冠	신문학	1951.12	
31	氷河	신문학	1951.12	
32	피의 記念日에	전우	1951	
33	나무	상록	1952.3	
34	第四眠	신문학	1952.7	
35	旗에서	시정신	1952.9.5	
36	罪	시정신	1952.9.5	
37	老鷄	다도해	1952.10	
38	燐	전우	1952	

39	象	갈매기?	1952	
40	釜山에 큰 불바다 일다	호남신문	1953.2.11	
41	說話	전남일보	1953.2.24	
42	休息시간에	광고	1953.3.25	
43	運河	신문학	1953.5	
44	微笑拒否	전남일보	1953.7.24	
45	過程에서	전남교육	1953.8	
46	'學生의날'에 부치는 노래	호남신문	1953.11.3	
47	風說		1953	
48	地誌	호남신문	1953	
49	卒業式에	호남일보	1954.3.15	낭독을 위한 시
50	첫날에	전대신문	1954.6.1	
51	回顧속에서	전남일보	1954.6.25	
52	까마귀	전남교육	1954.6.28	
53	이날은	목포일보	1954.8.15	
54	解放十年	광주신보	1954.8.15	
55	흙	농중	1954.8.18	
56	紅島	호남신문	1954.8	
57	日常	광고 4	1954.11	
58	頌禱	호남신문	1954.12.25	
59	크리스마스풍경	전남일보	1954.12.25	
60	除夜賦	전대시	1954.12.	
61	새해에	호남신문	1955.1.8	
62	四月의 表情	사월의표정	1955.4.4	
63	齡	시정신	1955.5.1	
64	生命의 길	신문	1956.1.1	광고5에 재수록
65	피의 復活節	꽃샘	1956.3.3	
66	하나의 祈禱	전남일보	1956.3.11	
67	나무 씨를 뿌리며	시정신	1956.9.19	
68	姿勢	현대문학	1957.4	
69	새해에題함	전남일보	1958.1.1	
70	逆禱	현대문학	1959.4	
71	江	전남일보	1959.8.17	
72	惡의 初段	현대문학	1959.10	
73	尼庵에서	자유문학	1959.10	
74	祠堂있는 風景	전남매일신문	1960.11.5	
75	光州農高 校歌	농고교지		
76	蛇			
77	마을			
78	家族			
79	제주도			

박흡의 평론 · 산문 연보

연번	작품	게재지	연도	비 고
1	湖南文學을 말하는 座談會	신문학	1951.6	
2	蛇冠	상록집	1952.1	
3	나와 花草	호남11인집	1953	
4	夏粧	호남11인집	1953	
5	봄의꽃들	전남일보	1955.3.27	
6	現代 詩의 修正	호남신문	1956.1.1	
7	不死鳥	전남일보	1956.2.1	
8	섞임없는 맑은 피	전남일보	1956.2.12	
9	『강강술레』소감	전남일보	1956.5.9	
10	現代의 淸風	전남일보	1957.1.5	
11	三·一節과 나	전남일보	1957.3.1	
12	球根小包	전남일보	1957.3.10	
13	全南文壇 十年記-그 回顧와 斷想	전남일보	1957.8.15	
14	全南 文壇의 過去·現在·未來	전남예술	1957.11.10	
15	中央重鎭과 在光文人과의 文學座談	전남일보	1958.1.1	
16	새해설문	전남일보	1958.1.24	
17	雜草같이 모질게 살려는 意志	전남일보	1959.6.13	
18	金岳 노오트	키르쿡크의 石油	1959.6	
19	塔을 對하며	호남신문	1959.12.3	
20	새 共和國의 文化를 말한다	전남매일신문	1960.9.26	
21	黃昏의 思想 (상)	전남매일신문	1961.1.1	
22	黃昏의 思想 (하)	전남매일신문	1961.1.3	
23	永遠한 女人象	전남매일신문	1962.4.19	

박흡 연보

본명: 박증구(朴曾求)

필명: 歸山, 歸山生, 朴洽

1912년(1세)	10월 4일 전라남도 장성군 황룡면 393번지에서 아버지 박균명(朴均明1889.8.8~1955.7.20)과 어머니 이우신(李友信1892.9.24~1951.1.18)의 독자로 태어나다.
1921년(9세)	3월 장성 공립심상 소학교에 입학하다.
1927년(15세)	2월 장성 공립심상 소학교를 졸업하다.
1927년(15세)	3월 이리농림학교에 입학하다.
1930년(18세)	11월 15일 이리농림학교 독서회 회장으로 광주학생운동 1주년을 기념하여 팜프레트 「배움의무리」를 인쇄하여 돌린 것이 발각되어 퇴학당하다. 학적부에 '사상문제'로 퇴학을 당하였음이 붉은 글씨로 기재되다. 이후 이리경찰에서 7, 8회 취조를 받다.
1932년(20세)	6월 8일 경찰부 명령으로 검속을 당하고 가택수색을 당하다. 8월 17일 비밀결사혐의로 장성경찰서에 검거당하다. 8월 20일 전남경찰부에 다시 검거당하여 10월 23일까지 유치당하다 석방되고 서류만 송국하다. 부친 박균명은 장성협동조합 제1회 정기총회에서 서기를 맡다.
1933년(21세)	3월 12일 장성협동조합사건으로 전북경찰부에 검거당하다. 7월말까지 취조를 받고 송국할 예정인 명단에 오르다. 그 후로도 장성협동조합사건과 노동조합사건과 관련하여 전북경찰부에서 10월까지 계속된 취조를 받다.
1934년(22세)	장성협동조합사건의 김시중 외 8명의 공소공판 증인으로 호출되어 취조를 받다. (이 기간은 어디서 무엇을 했는지 아직 알 수 없다. 일본행을 한 것은 분명해 보인다. 유학과 관련하여 여러 설이 있을 뿐, 명확한 것은 없다. 다만 해방 전에 영광군청에 근무한 것으로 알려졌다.)
1946년(34세)	숙명여전에서 강의를 하다. 부인이 되는 제자 이석봉을 만나다.
1947년(35세)	5월 18일 경향신문에 시 「젊은 講師」를 발표하다.
1948년(36세)	평화일보에 시 「薔薇」, 「愛戀頌」, 「죽음頌」, 「돌틈에 난 풀」을 발표하다. 서울신문에 시 「모래」, 「鍾」을 발표하다. 숙명여전을 그만두고 광주로 내려와 광주서중에 교사로 재직하다.
1949년(37세)	3월 1일 이석봉과 결혼식을 올리다. 11월 『우리문원』에 시 「落葉」을 발표하다. 12월 28일 장남 박영(朴英)태어나다.
1950년(38세)	2월 『우리문원』에 시 「화장장」을 발표하다. 4월 4일 동광신문에 시 「地下純金」을 발표하다. 5월 『호남공론』에 시 「詩」를 발표하다. 5월 15일 『주간서울』에 시 「初夜賦」를 발표하다. 『신천지』에 시 「못」을 발표하다.

1951년(39세)	1월 김남중, 최동형 등과 전남문화단체총연합회 전남지부를 결성하다. 『전우』에 시 「願」을 발표하다. 2월 1일 해군 목포 경비부 정훈과에서 창간한 『갈매기』에 시 「말뚝의 노래」 발표하다. 2월 13일 전남지구 전투사령부 정훈과에서 공모한 「二十聯隊歌」가 당선되다. 3월 18일 전남일보에 시 「首都復活」을 발표하다. 4월 1일 문총구국대전남지대 결성하다. 4월 『상록』에 시 「주름살」을 발표하다. 5월 『갈매기』에 시 「참새의 노래」를 발표하다. 5월 7일 교육신문에 시 「蚯蚓傳」을 발표하다. 6월 1일 『新文學』창립동인으로 참여하다. 창간호에 시 「독수리」와 「砂漠」을 발표하다. 「호남문학을 말하는 좌담회」를 참석하다. 『해바라기』에 시 「토끼」를 발표하다. 『國語國文學要覽』을 발간하다. 8월 『젊은이』에 「茶房」을 발표하다. 8월 15일 전남일보에 시 「八·一五에 부치는 詩」를 발표하다. 8월 20일 교육신문에 시 「피를 뿌리라」를 발표하다. 9월 『학생문예』에 시 「門」을 발표하다. 8월 『전우』에 「고래」를 발표하다. 12월 『신문학』에 시 「冠」과 「氷河」를 발표하다.
1952년(40세)	3월 『상록』에 시 「나무」를 발표하다. 7월 『신문학』에 시 「第四眠」을 발표하다. 9월5일 『詩精神』 창립회원으로 참여하다. 9월 『시정신』에 시 「旗에서」와 「罪」를 발표하다. 10월 『다도해』에 시 「老鷄」를 발표하다. 10월 15일부터 광주고등학교로 전근하여 재직하다. 강태열, 박봉우, 윤삼하, 주명영의 4인시집 『常綠集』 서문 「蛇冠」을 쓰다.
1953년(41세)	1월 7일 차남 박경(朴경)태어나다. 2월 11일 호남신문에 시 「부산에 큰 불바다 일다」를 발표하다. 2월 24일 전남일보에 시 「說話」를 발표하다. 3월 광주고등학교 교지 『광고』에 시 「休息시간에」를 발표하다. 5월 꽃을 사랑하는 사람들의 모임 '愛花會'를 발기하다. 7월 24일 전남일보에 시 「微笑拒否」를 발표하다. 8월 『전남교육』에 시 「過程에서」를 발표하다. 10월 5일 『시와산문』 창립동인으로 참여하여 산문 「나와 花草」와 「夏粧」을 발표하다. 11월 3일 호남신문에 「학생의 날에 부치는 노래」를 발표하다. 『新文學』에 시 「運河」를 발표하다. 『新文學』 4호까지 발간되고 종간되다. 『學生文藝』를 주간하다. 『젊은이』를 주간하다.
1954년(42세)	6월 1일 전대신문에 시 「첫날에」를 발표하다. 5월 꽃을 사랑하는 사람들의 모임 '愛花會'를 발기하다. 6월 『전남교육』에 시 「까마귀」를 발표하다. 6월 25일 전남일보에 시 「回顧속에서」를 발표하다. 8월 15일 목포일보에 시 「이날은」을 발표하다. 광주신보에 8월 1일에 시 「解放十年」을 발표하다. 8월 18일 『農衆』에 시 「흙」을 발표하다. 12월 25일 호남신문에 시 「祈禱」를 발표하다. 12월 25일 전남일보에 시 「크리스마스」를 발표하다.
1955년(43세)	1월 8일 호남신문에 시 「새해에」를 발표하다. 3월 27일 전남일보에 산문 「봄의 꽃들」을 발표하다. 4월 월간 『多島海』 편집국장으로 취임하다. 4월 4일 『사월의 표정』에 시 「四月의 表情」을 발표하다. 5월 『시정신』에 「齡」을 발표하다. 광주고등학교를 사직하다.
1956년(44세)	광주여객 경리과장으로 일하다. 1월 1일 호남신문에 산문 「現代 詩의 修正」을 발표하다. 2월 1일 전남일보에 「不死鳥」를 발표하다. 2월 12일 전남일보에 「쉬임없는 맑은 피」를 발표하다. 3월 3일 『꽃샘』에 시 「피의 復活節」을 발표하다. 3월 11일 전남일보에 시 「하나의 祈禱」를 발표하다. 5월 9일 전남일보에 서평 「『강강술레』소감」을 발표하다. 9월 『시정신』에 시 「나무 씨를 뿌리며」를 발표하다.
1957년(45세)	1월 1일 전남일보에 시 「새해에 題함」을 발표하다. 1월 5일 전남일보에 산문 「현대의 풍경」을 발표하다. 3월 1일 전남일보에 산문 「三·一節과 나」를 발표하다. 4월 『현대문학』에 시 「姿勢」를 발표하다. 3월 10일 전남일보에 산문 「球根小包」를 발표하다. 8월 15

	일 전남일보에 「全南 文壇 十年記- 그 回顧와 斷想」을 발표하다. 11월 10일 『전남예술』에 「全南 文壇의 過去·現在·未來」를 발표하다.
1958년(46세)	죽호학원 설립(설립자: 금호 박인천)을 도왔으며, 중앙여중고 서무과장 겸 교사로 사망할 때까지 재직하다. 1월 1일 전남일보 주최 「中央重鎭과 在光文人과의 文學座談」에 박종화, 김동리, 손소희, 천상병, 김현승, 허연 등과 좌담하다. 1월 24일 전남일보 「새해설문」에 답하다.
1959년(47세)	4월 『현대문학』에 시 「逆禱」를 발표하다. 6월 김악의 시집 『키르쿡크의 石油』에 발문을 쓰다. 6월 13일 전남일보에 산문 「雜草같이 모질게 살려는 意志」를 발표하다. 8월 17일 전남일보에 시 「江」을 발표하다. 10월 『현대문학』에 시 「惡의 初段」을 발표하다. 10월 『자유문학』에 시 「尼巖에서」를 발표하다. 12월 3일 호남신문에 「塔을 對하며」를 발표하다.
1960년(48세)	1월 1일 전남매일신문에 산문 「黃昏의 思想」(상)을 발표하다. 1월 3일 전남매일신문에 산문 「黃昏의 思想」(하)을 발표하다. 9월 26일 전남매일신문에 「새 共和國의 文化를 말한다」를 발표하다. 11월 5일 전남매일신문에 시 「祠堂이 있는 風景」을 발표하다.
1961년(49세)	부인 이석봉과 별거에 들어가다. 이석봉은 보성여중으로 전근하여 근무하다.
1962년(50세)	10월 16일 시인이자 언론인 이해동이 박흡의 집으로 찾아와 새벽까지 정종을 마시다. 10월 17일 오전 음독자살로 생을 마감하다. 10월 24일 평론가 정봉래가 전남매일신문에 「落照의 詩人- 非命의 朴洽」를 발표하여 추모하다.
1963년	9월 이수복이 『현대문학』에 「朴洽씨가 自殺하기 까지」를 발표하다.
2000년	전남 장성의 문화예술공원에 시비 「못」이 세워지다.
2001년	3월 이해동이 『광주문학』에 「비운의 시인 박흡과 나」를 발표하다. 9월 범대순이 『광주문학』에 「광주문학 개화기 야화」를 통해 박흡과 관련한 야화를 소개하다.
2011년	3월 이동순이 『현대문학이론연구』에 논문 「박흡의 생애와 시세계」를 발표하다.
2012년	6월 이동순이 『문학들』 여름호에 「죽음까지도 시였던 사람, 시인 박흡」을 발표하다.

박흡문학전집

초판 1쇄 인쇄일 | 2013년 1월 30일
초판 1쇄 발행일 | 2013년 1월 31일

엮은이 | 이동순
펴낸이 | 정구형
출판이사 | 김성달
편집이사 | 박지연
책임편집 | 정유진
편집/디자인 | 이하나 이원숙
마케팅 | 정찬용 권준기
영업관리 | 한미애 천수정 심소영
인쇄처 | 월드
펴낸곳 | 국학자료원
등록일 2006 11 02 제2007-12호
서울시 강동구 성내동 447-11 현영빌딩 2층
Tel 442-4623 Fax 442-4625
www.kookhak.co.kr
kookhak2001@hanmail.net

ISBN | 978-89-279-0206-5 *93810
가격 | 23,000원

* 저자와의 협의로 인지는 생략합니다.
잘못된 책은 구입하신 곳에서 교환하여 드립니다.